«Der Mann kann einem wirklich leid tun», jammerte Gérard, der Wirt ...

... seit Pulp, der Mann mit den tentakellangen Armen,
seine Fastenkur begonnen hatte,
herrschte im Bistro eine eisige Stimmung.

Deutsch von
Martin Baltes

Michel
Chevron

PULP
und das Blut der anderen

WUNDERLICH
TASCHENBUCH

Deutsche Erstausgabe Veröffentlicht im *Rowohlt Taschenbuch Verlag GmbH,*
Reinbek bei Hamburg, Oktober 1998

Redaktion *Juliane Kraus* Umschlaggestaltung *Tandem Design*
Bildseitengestaltung und Konzeption *Karen Kollmetz & Daniel Sauthoff*

Satz Centaur MT & Goudy Text MT PostScript PageOne
Gesamtherstellung *Clausen & Bosse,* Leck
Printed in Germany
ISBN 3 499 26056 5

1 Beschreibung eines Kampfes

Ganz schnell war es für *sie* zu spät.
Sie ließen von der Bisamratte ab, die sich mit einem Satz in den Fluß rettete. Im Mondlicht auf dem Wasser bildeten sich milchige Kreise.

Der größere der Kafkas, ein Männchen, hatte noch Blut an den Lippen. Auch das einen Kopf kleinere Weibchen war um den Mund verschmiert. Blut und Reste vom Fell des entkommenen Tieres klebten wie ein Schnurrbart an ihrer Oberlippe. Wind war aufgekommen. Ein Wind, der den Fluß hinunterstrich und seinen feuchten Atem über die Flußauen blies. Ein Bläßhuhn stob mit lautem Flügelschlagen davon, seine Schwimmhäute klatschten aufs Wasser. Die Kafkas drehten sich nicht nach ihm um. Reglos beobachteten sie, wie die Jäger auf sie zukamen.

Sie waren zu zweit, und sie hatten kurze Pumpguns der Marke Fabarm Police in der Armbeuge liegen. Einer der Männer war etwa dreißig, der andere ging auf die Siebzig zu. Beide trugen Kordhosen und Goretex-Jacken mit Lüftungsschlitzen unter den Achseln. Achtlos zertraten ihre Stiefel das Ackerland – jetzt, da die Kafkas voll gefickt waren.

Der Ältere hatte einen Fettwanst, krumme Beine und einen hochroten Kopf. Auf seinem spitz zulaufenden kahlen Schädel saß ein Militärbéret. Er sprach ein paar Worte in sein Handy. Vor den rauschenden Pappeln gingen zwei Scheinwerfer an, und ein Motor heulte auf. Ein Viehtransporter kam über den Acker und schnitt den Kafkas jede Fluchtmöglichkeit ab. Abwechselnd leuchteten die Scheinwerfer in den schwarzen Himmel und über die Ackerfurchen, die dann wie Wellblech aussahen. Kleine, mümmelnde Kaninchen stoben auseinander. Fünfzehn Meter vor den Kafkas hielt das Fahrzeug. Auf dem Dach wurde ein Suchscheinwerfer eingeschaltet, der sie mit seinem Lichtkegel einfing.

Man sah die Lichter der kaum einen Kilometer entfernten Stadt, und der Wind, der über den vergifteten Fluß wehte, brachte den strengen Taningeruch aus den Gerbervierteln mit. Die Gesichter der Jäger verrieten eine krankhafte Lust, als sie ihre Waffen mit Spezialmunition luden. Es war ein besonderes Wild, das sie jagten. Nahe der Uferböschung, auf einem Teppich aus welken Blättern und dünnen Zweigen, traten die Kafkas auf der Stelle.

«Ich will mindestens einen lebend», verlangte der Alte. «Wenn möglich das Weibchen!»

«He, Paps, du hast doch das Weibchen gesehen! Erkennst du sie nicht?»

«Nein. – Verdammt, das ist ja wirklich ein Ding!»

«Wie die stinken!» beschwerte sich der Jüngere. Er trug einen Anstecker, auf dem ein Bogen mit einem viel zu großen Pfeil abgebildet war. «Ich werd mich nie daran gewöhnen!»

«Das Weibchen ist schön», sagte der Alte. «Sie stinkt, aber sie ist wirklich schön.»

Die Jäger blieben in einiger Entfernung von den Kafkas, die sich die Unterarme vor die Augen hielten, um sich vor dem Licht des Suchscheinwerfers zu schützen. Beide waren dunkel gekleidet. Das Weibchen trug ein schwarzes Kleid mit einem spitzenbesetzten Ausschnitt, das Männchen Hemd, Weste und Jacke. Durch die Risse in ihrer Kleidung schimmerte weiße Haut. Ab und zu riskierten sie einen Blick, dann wurde für einen Moment in einem rot geränderten Mandelauge eine glänzende Pupille sichtbar.

«Ich muß erst einen Schluck trinken!» sagte der Alte.

Er hatte die Pumpgun unter den Arm geklemmt, den Lauf nach unten, und zog einen Flachmann mit Cognac aus der Jacke. Gierig saugte er am Flaschenhals. Myriaden von Insekten hatten sich in dem gelben Licht der Lampen eingefunden und tanzten darin wie die Besessenen.

«Jetzt geht's mir besser», schnaufte der Alte und schraubte den Deckel wieder auf die Flasche.

«Beeil dich, Paps!»

«Dann hilf mir gefälligst! Scheiße aber auch!»

«Okay, Paps», sagte der jüngere Mann und nahm dem Alten das Gewehr ab.

Der Krummbeinige wischte sich mit dem Jakkenärmel über den Mund und verzog das Gesicht. Dann schaltete er sein Handy ein, klemmte es sich ans Ohr und brüllte hinein:

«Komm sofort her, du wirst gebraucht. Ich hab ein Pärchen festgesetzt. Muß unbedingt das Weibchen haben. Vergiß dein Instrument nicht ...

Was, dein Unterricht? Der interessiert mich ein' Scheißdreck. Wir sind zwischen der Sandgrube und den Pappeln, da, wo die scheiß Bisamratten ihre Löcher haben.»

Die Fahrertür des Viehtransporters wurde geöffnet. Ein Schatten stieg aus und gesellte sich zu den anderen. Es war ein Typ mit einem Blaumann und einer schiefsitzenden Baskenmütze. Der Alte sah auf seine Uhr und dann zu den Kafkas, die sich zitternd aneinanderschmiegten.

«Wird allmählich Zeit.»

Der Typ im Blaumann ging zu seinem Laster zurück. Man hörte, wie er die hintere Klappe entriegelte. Der Alte nahm seine Pumpgun wieder an sich. Vom Fluß stiegen Nebelschwaden auf, die im Scheinwerferlicht wie weißer Rauch aussahen. Das Kafka-Weibchen flüsterte dem Männchen etwas ins Ohr.

«Quatscht ihr nur, quatscht nur weiter», rief der Alte.

Die Jäger eröffneten das Feuer und verschossen die gesamte Ladung auf die Kafkas. Insgesamt 18 Kartuschen, Kaliber 12 / 76, Kernmantelgeschosse und Schrot.

Jetzt lagen die Kafkas auseinandergerissen auf ihrem Lager aus verrottetem Laub. Kopf und Oberkörper des Männchens hingen im Fluß, sein rechtes Bein lag auf dem Brustkorb des Weibchens. Die Strömung spielte sanft mit seinen Schultern. Stille war wieder eingekehrt, und man hörte das Rascheln einer fliehenden Viper. Der Mann mit der Baskenmütze kam angelaufen. Er schwenkte eine Angelrute, an deren Ende eine zu einer Schlinge geknüpfte Klaviersaite hing. Er legte die Rute auf den Boden und zog sich Kettenhandschuhe über, die ihm bis zu den Ellbogen reichten. Zwei Scheinwerfer zerrissen die Nacht über der Landstraße und erleuchteten die Fassaden der Weißgerbereien. Der Alte sagte:

«Da kommt Chopin – wurde aber auch langsam Zeit!»

Das Auto bog von der Straße ab und fuhr über die Felder. Ein Flugzeug oder irgendwelcher Weltraumschrott blinkte schwach am Himmel. Eine Wolke verdeckte den Mond. Der Mann mit der Baskenmütze machte dem Viehtransporter ein Zeichen, er solle tiefer leuchten. Sofort senkte sich der Lichtkegel und umkreiste die Kafkas. Ein Renault Twingo hielt etwas abseits, seine Lichter wurden gelöscht. Ein Mann stieg aus und kam hinkend auf die Jäger zu. Er war um die Fünfzig und hatte ein rundes, von Ausschlag gerötetes Gesicht mit weichen Zügen. Der Bauch hing ihm über den Gürtel. In der einen Hand schwenkte er eine Pikkoloflöte, mit der anderen tupfte er sich den Schweiß von der Stirn.

«Du hast dir ganz schön Zeit gelassen», maulte der Alte.

Chopin warf einen Blick auf die Kafkas und ließ sich auf dem Trittbrett des Viehlasters nieder, wo er die Flöte an den Mund setzte und so heftig hineinblies, als fürchtete er, das Instrument könnte verstopft sein. Die Luft fing an zu knistern, und es wurde beinahe frostig.

«Vorsicht!» schrie der Alte.

Chopin setzte die Flöte ab. Die Jäger wichen zurück, während der Mann mit der Baskenmütze behutsam seine Rute aufhob. Die Kafkas fingen an, sich zu bewegen.

Langsam hoben sich ihre Brustkörbe. Um den untergetauchten Kopf des Männchens stieg ein Kranz großer Luftblasen auf. Das Weibchen öffnete die Augen, setzte sich aufrecht hin, stieß das Bein ihres Gefährten weg. Der jüngere Jäger lud seine Waffe nach.

«Schnell!» rief der Alte in Richtung des Mannes mit der Baskenmütze.

Dieser brachte, vorsichtig mit der Rute hantierend, die Metallschlinge in die Nähe des Weibchens. Dem Männchen war es gelungen, seinen Kopf aus dem Wasser zu ziehen. Das Weibchen zeigte kaum eine Reaktion, als ihr die Schlinge über den Kopf glitt und zugezogen wurde. Ihre Augen waren leer. Sie schien nur zu bemerken, daß ihr das Kleid bis über die dünnen Schenkel hochgerutscht war. Linkisch zogen ihre spitzen Finger mit den langen Nägeln den Stoff nach unten. Das Männchen hatte sich auf die Knie gestützt.

«Braten wir ihm noch eins über!» schlug der Jüngere vor.

Der Alte besah sich das Männchen und meinte, das sei Zeitverschwendung. Er befahl, ihm nur die Füße zusammenzubinden – aber Vorsicht! Und sie würden schon gleich verdammt noch mal ihren Spaß haben. Die Männer umringten den Kafka, der sich mittlerweile hingesetzt hatte. Seine Haare tropften, und aus seinem Mund hing eine grüne Alge. Er blinzelte. Seine Sinne kehrten wieder, und *das Licht begann, ihn zu schmerzen.*

Als die Männer hinter ihm waren, stürzten sie sich leicht angeekelt auf ihn, packten seine Arme und drehten sie ihm auf den Rücken. Der Mann mit dem Schützenabzeichen zog Handschellen aus der Tasche und ließ sie über den mageren Gelenken des Kafkas einrasten. Plötzlich sprangen sie alle wie auf Kommando zurück: Der Kafka hatte versucht, sie zu beißen. In seinem Oberkiefer blitzten scharfe weiße Eckzähne.

Mittlerweile hatte sich das Weibchen erhoben. Der Mann mit der Baskenmütze hielt sie mit der Metallschlinge am Ende der Rute in Schach. Sie versuchte, den sich immer weiter zuziehenden Knoten zu lösen, zerschnitt sich dabei aber nur den Hals. Das Kafka-Paar stimmte ein Geschrei an, das an das Keckern junger Füchse erinnerte.

«Chopin, bevor sie völlig durchdrehen, würde ich verdammt noch mal gerne was von dir hören!» schrie der Alte.

Chopin brachte die Pikkoloflöte in Position und begann, die ersten Takte von *La Cheminée du roi René* zu spielen. Sofort hielten die Kafkas inne. Diese Melodie von Milhaud weckte in ihnen Erinnerungen an die Landschaft um Aix-en-Provence. Tränen flossen ihnen über die Wangen, sie lauschten völlig gebannt. Plötzlich richtete sich das Männchen auf und sprach kurz zu dem Weibchen. Sie nickte und hielt sich die Ohren zu.

Das Lied näherte sich seinem Ende, die poetische Melodie kündete davon, daß der Tag nun in Ruhe und Frieden zu Ende ging. Der Kafka krümmte sich vor Verzweiflung. Das Weibchen hielt die Augen geschlossen. Die Hände auf den Rücken gebunden, stürzte der Kafka vornüber auf die welken Blätter. Die bewaffneten Männer krümmten sich ebenfalls – aber vor Lachen, und Tränen liefen über ihre rauhen Jägerwangen. Mit einem Stiefeltritt überzeugte sich der Alte davon, daß der Kafka vor Kummer gestorben war.

Anschließend halfen alle mit, dem zähnefletschenden Weibchen einen Maulkorb anzulegen. Sie zwangen sie, auf den Viehwagen zu klettern, und verriegelten die Tür hinter ihr. Der Mann mit der Baskenmütze wickelte ein gutes Stück Kabel von der Trommel und band den Toten am Wagen fest. Dann fuhr der Viehwagen mit Vollgas davon. Die schöne Viper und die mümmelnden Kaninchen sahen zu, wie die Leiche des Kafkas über die Ackerfurchen hoppelte.

2 Ein Hungerkünstler

«Der Mann kann einem wirklich leid tun», jammerte Gérard, der Wirt des berühmten Bistro *Au Pied de Porc à la Sainte-Scolasse.*

Die Stammgäste nickten verständnisvoll und sahen betrübt zu Gabriel hinüber, der allein und gedankenverloren an einem Tisch saß. Seit der Mann mit den tentakellangen Armen seine Fastenkur begonnen hatte, herrschte im Bistro eine eisige Stimmung. Eine Wespe brummte dicht unter der Decke, ohne sich auch nur im geringsten für die weit geöffneten Fenster zu interessieren. Durch die angelehnte Tür zum Speisesaal drangen gedämpft Essensgeräusche: Gabelklappern, Gläserklirren und die Bruchstücke angeregter Gespräche. Der Sommer raubte der Stadt alle Kraft. Den Stammgästen kroch eine zähe, mit frischen Lackdämpfen geschwängerte Brise in die Nase. Aus einer Werkstatt in der Nachbarschaft dröhnte *Radio Latina* mit *La canción de Buenos Aires* von Gardel, der sein Herzblut verschüttete.

«Gabriel interessiert sich für gar nichts mehr», fing Gérard wieder an und deutete mit dem Kinn auf den Stoß Zeitungen. «Er blättert nicht mal mehr drin.»

«Sechs Kilo weniger, das sollte doch reichen?» empörte sich Maria. «Was verlangt Cheryl eigentlich noch alles?»

«Sie ist nicht zufällig ein bißchen durchgedreht, diese Schachtel?» fragte Gérard und strich sich besorgt über den eigenen Wanst.

«Man kann sie schon verstehen!» antwortete ungefragt ein magerer Pensionär. «Heutzutage braucht sich keine Frau, die es wert ist, so genannt zu werden, mehr mit einem fetten Typen abzugeben.»

Vlad, der im Pied de Porc als Küchenhilfe arbeitete, warf sich das Geschirrtuch über die Schulter und erklärte, daß nicht das Gewicht das Entscheidende sei. Worauf man dagegen achten müsse, sei der Prozentsatz an basophilen, eosinophilen und neutrophilen polynuklearen Zellen, die im Blut zirkulierten.

Gérard sah Vlad schief an.

«Gabriel ist jedenfalls völlig apathisch geworden», stellte Maria klar. «Man muß doch etwas dagegen machen können.»

«Ich weiß was!» behauptete Vlad und verschwand mit einem Stoß frischer Teller im Speisesaal.

Sie tranken alle ihre Gläser aus, keiner sagte einen Ton. Durch die offene Tür beobachteten sie, wie die Schatten auf der anderen Straßenseite immer länger wurden. Carlos Gardel stimmte *Esta noche me emborracho* an, und man konnte hören, wie im Lebensmittelgeschäft nebenan der Metallrollladen heruntergelassen wurde. Der Geruch von Lack hatte sich kein bißchen verzogen. Die Wespe ließ sich mit äußerster Vorsicht auf dem Tresen nieder, tauchte ihren Rüssel in eine Pastislache und schien davon ganz irre zu werden. Vlad kam zurück und stellte einen Stapel schmutziger Teller auf dem Serviertisch ab. Alle starrten ihn an, nur Léon, der deutsche Schäferhund, richtete sich auf und flitzte zu ihm rüber, daß seine Krallen über den Fliesenboden schrappten. Die Wespe tanzte in dem klebrigen Fleck und streckte ihre Beinchen wie eine Ballettschülerin. Léon legte seine Schnauze auf Vlads Hose und bellte, als sei er der Wortführer der Gruppe.

«Also», verkündete Gérard, «was glaubst du, wie lange du uns eigentlich noch hinhalten kannst?»

«Es geht um die Polikarpov.»

«Wie bitte?»

«Mein Kumpel aus Angoulême hat die Fahrwerksachsen fertig.»

«Die Teile, die so arschteuer sind?»

«Ja.»

«Das ist eine gute Meldung und zugleich überhaupt keine», erklärte Gérard, «denn Gabriel hat nicht *einen* Franc in der Tasche.»

«Eben darum.»

«Wie, eben darum?»

«Mein Kollege will kein Geld.»

«Was will er dann? Vielleicht meinen Laden?»

Vlad hatte die Güte zu lächeln und erklärte: «Er ist ein rumänischer Emigrant.»

«Und seit wann scheißen die Rumänen aufs Geld? Du zum Beispiel, hast du schon je auf das üppige Gehalt verzichtet, das du von mir bekommst?»

«Mein Freund will seinen Leuten helfen.»

«Das ist mehr als ehrenhaft», pflichtete ihm der Rentner bei.

«Was heißt das, seinen Leuten helfen?» zischte Gérard und warf dem mageren Pensionär einen düsteren Blick zu.

«Als Gegenleistung für die Teile soll Pulp einer Verwandten von ihm helfen, die bis zum Hals in der Scheiße steckt», erklärte Vlad.

Maria betrachtete Pulp, der entkräftet und ohne das geringste Interesse an dem Gespräch auf das Bild starrte, das den Rathausplatz von Sainte-Scolasse zeigte.

«Stimmt, vielleicht bringt ihn das wieder auf die Beine oder zumindest auf andere Gedanken», würdigte sie den Vorschlag. «Wie lange geht das jetzt so?»

«Seit dem Frühjahr hängt er schon rum», sagte Gérard. «Worum genau handelt es sich denn bei dieser Angelegenheit, Vlad?»

Zwei Stunden später fragte Maria Gabriel, was er zu Abend essen wollte.

«Eine dünne Scheibe gekochten Schinken und einen Magermilchjoghurt.»

«Und zu trinken, ein Kronenbourg?»

«Ein Wasser, eins mit wenig Mineralien.»

Gérard wischte hinter Pulp hektisch einen Tisch ab, dann noch einen neben ihm.

«Wir müssen mit dir sprechen, Vlad und ich», sagte er betont beiläufig.

Gabriel Lecouvreur ließ sich Zeit. Mit der Messerspitze malte er Wellenlinien auf seinen Schinken. Von seiner Flasche Vittel hatte er kaum etwas getrunken.

«Vlad, erklär du es ihm», fing Gérard an. «So, wie du es siehst. Aber ich bin dagegen, das sage ich dir gleich. Es ist zu gefährlich. Auch wenn ihm ein bißchen Bewegung nicht schaden würde. Und außerdem, wo ich gerade dabei bin, muß ich jetzt mal was loswerden.»

Pulp schien aus einem fernen Traum aufzutauchen.

«Man sollte nicht alles miteinander vermischen», protestierte Vlad.

Gérard erklärte mit erhobenem Zeigefinger:

«Es tut mir leid, das sagen zu müssen, aber Cheryl ist dein Unglück. Sie kann doch nicht im Ernst verlangen, daß du vor Hunger krepierst. Und ich werde dir erklären, was mich am meisten schmerzt!»

«Tut dir was weh?» erkundigte sich Gabriel.

«Glaub bloß nicht, daß du dich mit blöden Kommentaren aus der Affäre ziehen kannst. Nicht mit mir, mein Freund.»

«Wir sollten jetzt mal zur Sache kommen», riet Vlad.

Gérard ignorierte das und fuhr fort: «Was mich krank macht, Pulp, ist, daß du unter der Fuchtel von dieser Schnecke stehst. Du bist ein richtiges Weichei geworden ... Ha! Das ist der Beweis! Du reagierst ja nicht mal mehr! Dir ist einfach alles scheißegal. Interessierst du dich wenigstens noch für dein Flugzeug?»

«Die Achsen für das Fahrwerk sind fertig», ergänzte Vlad.

«Warum habt ihr das nicht gleich gesagt?» fuhr Gabriel hoch. «Was bin ich deinem Freund José schuldig?»

«Er möchte nur, daß du ihm einen Gefallen tust.»

Und Vlad erläuterte ihm kurz, worum es sich handelte.

PULP und das Blut der anderen

3 Josephine, die Sängerin

Gabriel Lecouvreur nahm den Zug nach Angoulême. Auf dem Bahnsteig an der Gare d'Austerlitz stand die Luft wie über einem vergessenen Tümpel. Das wenige, was die Reisenden auf ihren Körpern trugen, war schweißgetränkt. Die Frauen hatten ihre Röcke gerafft und seitlich unter den Gürtel gesteckt. Pulp warf nostalgische Blicke nach den entblößten Schenkeln und schwang sich in einen Großraumwagen. Ein Mann folgte ihm auf den Fersen, ein Glatzkopf mit einer Cerruti-Jacke über dem Arm. Auch er stieg in den Großraumwagen – aber am anderen Ende.

Die Zugfahrt wurde eine lange, anstrengende und schweißtreibende Reise. Braune, von der

Sonne verbrannte Wiesen und Felder. Städte ohne Schatten. Dann stand Gabriel ausgehungert und mit trockener Kehle vor dem Bahnhof von Angoulême und studierte Vlads Notizen auf einem karierten Stück Papier. Der Pulk der angekommenen Reisenden löste sich allmählich auf. Pulp blieben noch etwa zwei Stunden Zeit, dann würde ihm José Antonescu das neue Fahrwerk übergeben. Als er sein Gepäck hochhob und losmarschierte, schien es ihm, als wäre ganz Angoulême eine einzige Sauna. Im ersten Hotel, dem *Bey de Tunis,* nahm er sich ein Zimmer. Nachdem er sich lange kalt geduscht hatte, zog er eine Jeans und ein schwarzes, ärmelloses T-Shirt an. Die Dame an der Rezeption, wahrscheinlich die Inhaberin selbst, hatte den Rock bis übers Knie hochgeschoben und badete ihre Füße in einer Schüssel, in der grüne Zitronenscheiben schwammen. Ihre braunen Schenkel konnten sich sehen lassen.

«Haben Sie ein Fußleiden?» erkundigte sich Pulp.

«Nein, ich versiegele meine Poren. Als Adstringens ist Zitrone viel angenehmer als Eisenchloridlösung. Ich lege Wert auf schöne Füße. Sieh sie dir an!»

«Kennen Sie ein Mittel, um den hier zum Schrumpfen zu bringen?» Er strich sich über seinen Bauch. «Ich fürchte, ich verliere noch meine Liebste wegen dieses Teils, ich habe es nicht mehr unter Kontrolle.»

Die Dame dachte einen Moment nach, dann sagte sie:

«Es gäbe da schon was zum Einreiben.»

«Und was? Wenn es wirkt, können Sie für das Zimmer meinetwegen zehn Prozent mehr nehmen.»

«Zitrone! Einmassiert mit Traubenkernöl. Eigentlich gibt es gar nichts Besseres. Die Haut spannt sich und erfüllt wieder voll ihre Aufgabe, die Organe zusammenzuhalten.»

Pulp beobachtete den entblößten, pochenden Halsansatz der Hotelbesitzerin, auf dem kleine Schweißperlen glitzerten. Ihre gespreizten Zehen schnappten nach den Zitronenscheiben. Die Flüssigkeit plätscherte wie das Wasser in einem Becken mit einem Schwarm Zierfische.

«Wenn Sie mich massieren würden, könnten Sie, glaube ich, ohne daß einer von uns sich übervorteilt fühlen müßte, zwanzig Prozent mehr verlangen.»

«Dreißig?»

«Einverstanden! Sobald ich zurück bin. Sie können schon mal das Öl paratstellen. Übrigens, wissen Sie, wo ich das Cabaret Fangs finde?»

Sie sagte, ja, es läge am Stadtrand, nicht weit von hier: eine ehemalige Kirche auf der Straße nach Mata. Pulp ließ ein Taxi kommen. Auf dem Beifahrersitz saß ein großer Hund mit schmutzigem gelbem Fell, der dem Fahrer die gesamte Fahrt über auf den Schoß sabberte. Es schien den Mann, der eine genauso scheußliche Mähne hatte wie sein Hund, nicht zu stören. Ein Gewitterregen war gerade niedergegangen. Die Luft war ozongesättigt, und die Reklame des gotischen Kabaretts – rot flammendes Neon in Form einer Autokarosserie – spritzte blutige Flecken über den nassen Asphalt.

Unter dem mit enthaupteten Heiligen geschmückten Vordach war ein Menschenkenner postiert, der alle Neuankömmlinge zu taxieren hatte. Er war klein und steif und steckte in einem gestärkten Smoking. Die Hose reichte ihm nur bis zu den Knöcheln. Er sah auf und prüfte Gabriel mit seinem grauen Laserblick. Gabriel zahlte bei einer als Clown geschminkten Frau mit Melone und ging rein.

Im Inneren der Kirche tobte eine Dezibelorgie, eine lärmende Überdosis aus gigantischen Boxen, die entlang des Mittelschiffs und der Apsis aufgestellt waren und das Gebäude in seinen Grundfesten erzittern ließen. Die Musik hatte eine zerstückelte, wie wahnsinnig pulsierende Syntax, deren Lautstärke das Fortissimo einer gewaltigen Orgel bei weitem übertraf. Das ganze dauerte fünfzehn lange Minuten, während deren Gabriel in der hypnotisierten Menge vergeblich nach José suchte, den er anhand einer von Vlad flüchtig hingekritzelten Zeichnung zu erkennen hoffte. Dann hörte die Musik schlagartig auf. Ein magerer, nervöser Typ kletterte auf die Bühne, die an der Stelle des Altars stand. Er trug einen enganliegenden schwarzen Vinylanzug, unter dem sich seine Genitalien abzeichneten. Sein Schädel war rasiert, und seine Zähne glänzten groß und weiß. Er schnappte sich ein Mikro.

«Ist das cool?»

«Yeah», grölte die Menge.

«Habt ihr euren Spaß gehabt?»

«Yeah.»

«Jetzt ratet mal, wer heute abend singen wird!»

Ein riesenhaftes Wesen kam, die Hüften übertrieben schwenkend, auf die Bühne.

«Jo-sé-phine! Jo-sé-phine!» skandierte die Menge.

«Ja-a-a-a», machte der Ansager. «Joséphine, die Sängerin!»

Die Erscheinung balancierte auf schwindelerregend hohen Holzabsätzen. Sie trug eine blonde Perücke, hatte scharlachrot bemalte Lippen und auf der Nase eine runde schwarze Brille. Ein Body klebte an ihren phänomenalen Titten, und ihre Schenkel umflatterte ein geschlitzter Minirock. Sie blieb neben dem Vinylmännchen stehen, das ihr voller Bewunderung sein Mikro überließ. In der Kirche herrschte jetzt absolute Stille. Das Licht wurde heruntergedreht und schließlich ganz gelöscht. Ein Scheinwerfer erfaßte die Sängerin in seinem Lichtkegel. Pulp lief ein Schauer über den Rücken. Seine Verabredung war vergessen, er hatte nur noch Augen und Ohren für die Darbietung dieser seltsamen Frau, die jetzt das Kinn reckte und die Arme ausbreitete. Jemand zwängte sich zu Gabriel durch.

«Joint?»

Gabriel reagierte nicht.

«Extasy, Koks? Alles, was du brauchst, um deine Wahrnehmung auf die richtige Frequenz zu tunen.»

Pulp sagte nein, im Moment wolle er nichts einwerfen. Später vielleicht.

«Probier's einfach! In zehn Minuten bin ich wieder da!» sagte die Gestalt und ließ ein Tütchen in Pulps Hand gleiten, entfernte sich, und eine andere stellte sich fünf Schritt hinter ihn. Sie trug einen Cerruti-Anzug, der hier ziemlich aus der Reihe fiel. Die Sängerin erhob ihre Stimme: eine gewaltige Altstimme, die einen tiefen Schmerz zum Ausdruck brachte.

Lasciate mi morire!
E che volete voi, che mi conforte
in così dura sorte,
in così gran martire?
Lasciate mi morire!

Unglaublich, diese Stimme, dachte Pulp. Welch eine Augenweide und was für nette Leute! Er befühlte das Tütchen in seiner Tasche, Puderzukker. Er sagte sich, daß er – warum eigentlich nicht – seine Wahrnehmung auf die richtige Frequenz bringen könnte. Plötzlich spürte er, wie ihm ein stumpfer Gegenstand in die Nierengegend gestoßen wurde.

«Spiel jetzt nicht den Helden, Pulp, sonst spreng ich dir die Niere auseinander.»

Die dunkle, voluminöse Stimme der Sängerin erklang jetzt in ihrer ganzen Pracht.

«Ziemlich gut, Vergeat, findest du nicht?» sagte Gabriel und ließ das Tütchen unauffällig zu Boden fallen.

«Du hast mich erkannt?» freute sich der Mann.

«Ich hab deinen säuerlichen Bullenatem gerochen. Ich warne dich. In einer Minute nehm ich dich auseinander. In zwei dreh ich dir den Hals um, und in drei ramm ich ihn dir hinten rein, bis hoch in den Magen.»

Der Druck der Waffe nahm deutlich zu.

«Pulp! Ich nehme dich wegen Drogenbesitzes fest. Gesetz vom 17. Januar 1986, Artikel zwei und vier. Dafür kannst du bis zu fünf Jahre kassieren. Und das ist nur der Anfang. Den Rest krieg ich auch noch raus.»

«Wie hast du mich gefunden?»

«Ein Spitzel hat dich in der Métro gesehen und ist dir gefolgt. Ich war ganz schön schnell, was? Jetzt werden wir schön unauffällig von hier verschwinden, Alter!» Das Licht ging wieder an und Vergeat hob das Tütchen vom Boden auf.

Mit der Kanone schubste er Gabriel vor sich her. Die Verstärker hämmerten jetzt wieder, was das Zeug hielt, und die Sängerin war verschwunden. Die beiden Männer gingen an dem Menschenkenner vorbei, der ihnen einen ebenso gönnerhaften wie gelangweilten Blick zuwarf. Draußen war es genauso heiß wie drinnen, nur war es nicht so laut. Vergeat deutete auf einen Wagen, der auf der Straße neben der Kirche stand.

«Mietwagen. Nicht besonders groß, aber für uns beide wird's reichen. Ich werde dir jetzt ein paar wunderschöne Armreifen anlegen.»

«Du hast doch nicht etwa die Führerscheinprüfung bestanden?» fragte Gabriel ziemlich laut und bemühte sich, nicht hinter den Polizisten zu sehen.

Vergeat lief knallrot an und zog ein paar Handschellen aus der Tasche.

«Hände her!»

Er ließ einen Bügel über Pulps rechter Hand zuschnappen. Im selben Moment trafen Vergeat zwei kurze, dicht aufeinanderfolgende Schläge am Hinterkopf. Er sackte zusammen, und sein

Schädel knallte aufs Pflaster. Dankbar lächelte Pulp die Sängerin an, die gerade wieder in ihre bescheuerten Plateauschuhe schlüpfte.

«Danke. Es ist erstaunlich, auf der Bühne wirken Sie erheblich größer. Einen Moment hab ich befürchtet, der Trottel würde Sie bemerken. Vielleicht hat er Bohnen in den Ohren.»

«Wer ist der Mann? Ich habe ihn noch nie gesehen, und ich kenne hier jeden», säuselte die Diva mit ihrer Altstimme.

«Ein großspuriger Bulle. Und wer sind Sie? Ich meine, warum haben Sie mir so bereitwillig geholfen?»

«Dreimal darfst du raten, meine Süße ... Erst wußte ich nicht, ob ich ihm eine überziehen oder ihn beißen sollte. Jetzt hab ich ihn wahrscheinlich umgebracht.»

«Nein. Sehen Sie, er bewegt sich schon wieder. Ich würde Sie gerne um einen Gefallen bitten.»

«Nur zu, junger Mann!»

«Kennen Sie einen gewissen José?»

4 Amerika

Sie waren zehn Minuten unterwegs, als Joséphine auf den Seitenstreifen fuhr.

«Ich muß mich umziehen!»

Die Sängerin stieg aus, ging zum Kofferraum und holte eine Sporttasche heraus. Sie stand auf der Wiese und begann sich auszuziehen. Verdutzt verfolgte Pulp, wie sie die Perücke ablegte, ihre falschen Brüste unter dem Kleid hervorzog und zwischen ihren Beinen herumfummelte.

«Ich hab's nach hinten geklebt. Eine Wölbung unter dem Minirock sieht einfach nicht aus.»

Sie schlüpfte in einen blauen Overall und behielt von ihrer Kostümierung nur die schwarze Brille auf.

«In zehn Minuten muß ich in der Fabrik sein.» Sie lachte. «Das Leben als Drag Queen ist nicht gerade der reinste Luxus. Gefällt dir meine Stimme?»

«Sie ist wunderschön», sagte Pulp aus vollem Herzen.

Joséphine stieg wieder ein und wischte sich mit einem Wattebausch die Schminke aus dem Gesicht. Braune Bartstoppeln erschienen auf ihrem Kinn.

«Eine verdammte Arbeit, jeden Tag diese Pinselei: Schminke, Lippenstift, Pomade ... Vielleicht laß ich mir Silicon in die Lippen spritzen. Was hältst du davon? Nichts? Meine Eckzähne feile ich alle zwei Monate runter. Hat dir Vlad das nicht erzählt?»

«Was?»

José-Joséphine startete den Wagen und fuhr zurück auf die Straße. Mit dem Morgengrauen begannen die Nebel über dem Brachland aufzusteigen.

«Gib's zu! Du hast nicht damit gerechnet, José in dem Laden als Diva zu sehen ...»

«Was hast du gesungen?»

«Monteverdi. Das *Lamento d'Ariane.*»

Am Rand von Angoulême fuhr José durch eine Reihe kleinerer Seitenstraßen, bis eine große Industrieanlage vor ihnen auftauchte.

«Elektromotoren Leroy-Somer. Werk Rabion. Größter Hersteller in Europa. Diese Woche hab ich Frühschicht.» Er schnippte gegen seine Brille. «Unvorstellbar, wie die Augen ermüden, und dazu noch diese Kopfschmerzen. Kann man wohl nichts dran machen, irgendwie müssen sich die Augen wohl an das Licht gewöhnen, oder?»

José ließ einen großen Parkplatz links liegen und stellte den Renault in einer von klapprigen Schuppen und verwaisten Gärtchen gesäumten Querstraße ab. Ein paar ausgeschlachtete, von Gräsern überwucherte Mofas standen herum. José sagte zu Pulp, er sollte auf ihn warten, er bräuchte nicht lange, in zehn Minuten wäre er wieder da – mit dem Fahrwerk für seine Russenkiste. Pulp rollte sich in seiner Ecke zusammen, kämpfte gegen den Schlaf und fragte sich, was der ganze Zirkus zu bedeuten hatte.

Ein gleichmäßiges Brummen weckte ihn. Es kam von einem Gabelstapler, der unmittelbar neben seinem Kopf hielt. Die Strahlen der aufgehenden Sonne fielen auf die Fenwick-Plakette, die an der massiven Außenhaut der Maschine angebracht war, und brachten das Schieferdach eines vergammelten Schuppens zum Funkeln. Ohne den Motor abzustellen, rutschte José vom Sitz und klopfte gegen die Windschutzscheibe. Pulp gähnte und stieg aus.

«Behälst du immer diese Brille auf?» fragte er José, der sich bückte, um die Fahrwerksachsen aus den Gabeln des Fenwick-Staplers zu heben.

«Ein Kumpel von mir, der Dreher ist, hat sie gemacht. Äußerst stabil. Mit Einsatzhärtung. Da kracht nix ab. Du wirst zufrieden sein. Er hat sich genau an die Pläne gehalten, die Vlad mir geschickt hat. Ja, die Brille hab ich immer auf. Die Augentropfen helfen zwar, aber es reicht nicht. Da kann man nichts machen», antwortete er, und es war ihm sichtlich unangenehm.

Er packte das Fahrwerk und schleppte es zum Kofferraum. Unter der Last verzog sich sein Gesicht zu einer schmerzlichen Grimasse. Pulp hatte Mühe, dieses proletarische Schauspiel mit der phänomenalen, langbeinigen Erscheinung der Opernsängerin im Glanz der Bühnenscheinwerfer in Zusammenhang zu bringen.

«Du kannst die Karre haben, solange du sie brauchst», sagte José. «Ich komm auch so klar. Die Papiere liegen im Handschuhfach. Milena wird dir alles erklären. Du mußt ihr helfen, ihre … Schwester zu finden.»

«Verwandte von dir?»

«Irgendwie schon. Aber es ist ein bißchen verzwickt. Du wirst schon sehen. Der reinste Wahnsinn!»

«Wahnsinn?»

José verstaute die Ersatzteile im Kofferraum des Wagens, der danach tief in den Stoßdämpfern hing. Zum Schluß stopfte er Lappen zwischen die Teile, damit sie beim Fahren nicht herumrollten.

«Milenas Adresse, eine Karte und die Wegbeschreibung findest du bei den Fahrzeugpapieren. Der Ort liegt achtzig Kilometer von hier, Richtung Chatellerault. Mehr kann ich nicht tun. Ich selbst hab keine Verbindung mehr. Man erwartet dich. Viel Glück, ich vertraue dir, Heißblut!»

«Heißblut?»

José lachte und spreizte seine Finger zu einem auf dem Kopf stehenden Victory-Zeichen. Er griff die Sporttasche mit dem Fummel und kletterte auf den Gabelstapler. Er wendete, der Motor röchelte, und dann fuhr José mit Vollgas auf die Fabrik zu.

Der Renault 19 blieb noch eine halbe Stunde in der verlassenen Gasse stehen, während Gabriel Lecouvreur die Karte studierte und hin und wieder einen nachdenklichen Blick auf die Industrieanlage warf. Um neun fuhr er los, zurück ins Hotel, ließ den Koffer zuschnappen, gab den Schlüssel an der Rezeption ab und zahlte.

«Hast du die Nacht im Fangs verbracht?» fragte ihn die Hotelbesitzerin.

«Im Fangs und auch anderswo.»

«Ich hab auf dich gewartet – wegen der Massage.»

«Die ist nur verschoben.»

«Weiß nicht, ob mir morgen danach ist ...»

«Ich habe bezahlt. Ich hab meinen Teil des Vertrags erfüllt, oder?»

«Na ja», meinte sie, nachdem sie eine Weile darüber nachgedacht hatte. «Man muß sich wohl an seine Abmachungen halten!»

Gabriel machte sich auf den Weg. Nach einer Stunde hielt er in Confolens, einem Städtchen, das mit Lilienbannern und Transparenten für einen historischen Umzug geschmückt war. In einem Bistro verzehrte er zum stechenden Ton einer Andenflöte Knackwürste mit Fritten und spülte beides mit einem schalen Kölsch runter, das mit einem Stück Zitrone aufgepeppt worden war. Zum Teufel mit Cheryl und ihrer Hungerkur! dachte er in seiner Einsamkeit.

Wenig später saß er wieder im Wagen, etwas aufgekratzt, und drückte auf die Tube. Er fuhr durch dichte, dunkle Wälder, in denen die Sonnenstrahlen nur selten bis auf den moosbedeckten Boden fielen. Es waren nur wenige Autos unterwegs. Ein paar hatten verdunkelte Scheiben, und eins fuhr solche Schlangenlinien, daß man annehmen mußte, daß das Arschloch von Fahrer restlos betrunken war. Das Radio funktionierte nicht, und so blieb Pulp nur das monotone Schnurren des Motors, um sich bei Laune zu halten. Etwas abseits der Straße, inmitten von riesigen Farnwedeln, studierte er aufmerksam die Karte und prägte sich die restliche Strecke ein. Dann folgte ein Moment großer Einsamkeit, in dem er beschloß, sich seinem Ziel über zahlreiche Nebenstraßen und verschlungene Feldwege zu nähern. Aber sie führten ihn in die Irre, und er verlor viel Zeit, bis er wieder auf die richtige Straße zurückfand.

Schließlich mußte er vor Müdigkeit erneut anhalten. Er wollte ein paar Minuten seine Kräfte sammeln und schlief fest ein.

Zur selben Zeit erwachte der Beamte des Geheimdienstes Jacques Vergeat in seiner engen Blechkiste. Eine Kehrmaschine lärmte auf dem Parkplatz der Disco. Vergeat betastete vorsichtig die Stelle, die seine Mutter vor achtundfünfzig Jahren Fontanelle genannt und mit ihren sanften, duftenden Lippen geküßt hatte. Das spärliche Haar des Polizisten war blutverkrustet, und seinen Schädel verunzierte eine enorme Beule. Sein

Gesicht war vor Schmerz und Wut verzerrt. Und als er bemerkte, daß seine Cerruti-Jacke am Ellbogen aufgerissen und am Kragen rotz- und blutverschmiert war, liefen ihm Tränen über sein graues Beamtengesicht.

Gabriel fuhr ruckartig hoch und schlug dabei mit Ohr und Schläfe gegen das Seitenfenster. Er fluchte sehr grob und brauchte einen Moment, bis er wußte, wo er war. Mit einer Hand rieb er sich die Augen, mit der anderen massierte er sanft seine Prellungen. Die Sonne stand im Zenit. Seine Uhr zeigte elf Uhr achtunddreißig. Die Hitze war erstickend, und obendrein hatte er einen Schluckauf. Er kurbelte die Seitenscheiben runter und ließ sich eine Brise muffiger Waldluft um die Nase wehen. Dann startete er den Wagen.

Keine zwanzig Minuten später blickte er in das Tal von Sainte-Croix-des-Eaux. Unter ihm lag eine kleine, um eine Hauptstraße gruppierte Industriesiedlung. Er bemerkte einen großen Wasserlauf, ein paar Lagerhallen sowie baufällige Häuser, die zwischen einer großen Mauer und dem Fluß lagen. Pulp stellte den Motor ab, zog die Handbremse an und schlug den Reiseführer auf, den José zu den Papieren gelegt hatte. Er las:

«Abseits der großen Nationalstraßen und der Industrie- wie auch der Tourismuszentren bietet Sainte-Croix-des-Eaux eine natürliche Umgebung, in der es sich gut leben und arbeiten läßt. Deshalb trägt Sainte-Croix bis heute den Beinamen ‹Amerika›.» Er ließ ein paar Zeilen aus. *«Die Lederverarbeitung in dieser Gegend reicht bis ins prähistorische Gallien zurück, die Industrie im eigentlichen*

Sinne entstand aber erst um 1860. Drei Faktoren haben wesentlich dazu beigetragen, aus dem Ort ein Zentrum der Weißgerberei und Papierherstellung zu machen:

1. Die weit zurückreichende Tradition der Schafzucht.

2. Der wasserreiche Fluß als Voraussetzung für die Industrieansiedlung.

3. Die große Zahl rumänischer Arbeitskräfte, von denen Sainte-Croix-des-Eaux seit den siebziger Jahren profitiert, weil sie die Lohnbelastung für die Unternehmen senkt.

Heute, wenn auch arg von Rezession und Massenarbeitslosigkeit in Mitleidenschaft gezogen, überlebt die Weißgerber- und Papierindustrie dank des innovativen Geistes der Unternehmensführung.»

5 Die chinesische Mauer

Pulp stand am Fenster seines Hotelzimmers und starrte in den bleiernen Himmel, der das Tal wie ein Klodeckel verschloß. Obwohl doch alle Chrom- und Aluminiumsalze in den Fluß geleitet wurden, wie ihm der Barkeeper des Hotels erklärt hatte.

«Die Gardoise ist tot», hatte er gesagt. «Da wächst nichts mehr, da atmet nichts mehr. Früher hab ich die dicksten Fische da rausgeholt, können Sie mir glauben. Und jedesmal, wenn ich vom Angeln zurückgekommen bin, habe ich meiner Dicken eimerweise Kresse mitgebracht. Die war ganz versessen auf das Zeug.»

Als seine Haut getrocknet war, ging Gabriel ins Badezimmer zurück, zog den Stöpsel aus der Wanne, kämmte sich die Haare, zog sich an und ging zur Tür, denn es hatte geklopft. Normalerweise ist es ratsam, einen Mann ernst zu nehmen, der einem die Mündung seines Revolvers auf die Stirn setzt. Und genau das machte Pulp: Er nahm den bewaffneten Mann ernst und bat ihn, sich zu erklären. Warum solche Gewalt? Wir sind doch keine Barbaren!

Der Eindringling hatte dreißig Jahre oder ein paar mehr auf dem Buckel, war untersetzt und bestand aus achtzig Kilo strammen Fleisches. Kurzgeschorene Haare unter einem schmalen Militärbéret. Seine Augen waren zwei graue Steine, die tief in ein knochiges, gegerbtes Gesicht gedrückt waren. Seine kurze Kampfjacke spannte ein wenig, und die Jeans quetschten ihm die Eier ab. Er trug ein Koppel mit Karabinerhaken, an denen Funksprechgerät, Stableuchte, Trillerpfeife, Gummiknüppel mit Bleikern, chemische Keule, Schlagring und Lederhandschuhe hingen. Trotz seines beachtlichen Eigengewichts und des überbordenden Equipments bewegte er sich schnell und gewandt in seinen frisch gefetteten Springerstiefeln. Der Lauf des Revolvers saß jetzt nicht mehr auf Pulps Stirn, sondern etwas tiefer und zielte auf ein etwa ein Quadratzentimeter großes Stück Haut zwischen seinen Augen. Der Eindringling grinste, ohne die Waffe auch nur im geringsten zu verschieben.

«Neu hier, was?»

Pulp bejahte das.

«Papiere her!»

Pulp drehte den Kopf und deutete auf seinen offenen Koffer.

«Okay. Geh sie holen! Aber bei der ersten falschen Bewegung spick ich dir den Wanst mit Blei.»

Pulp zuckte mit den Schultern, nahm die Warnung aber ernst.

«Clément Prieur?» las der Mann, Pulps Ausweis in der Hand, und rümpfte angewidert die Nase.

«Wie Sie riechen können», scherzte Pulp.

«Was willst du hier, Toto?»

«Ich mache Kundenbesuche, bin Vertreter für pharmazeutische Produkte», antwortete Pulp, den es Mühe kostete, seine Wut niederzukämpfen.

Der Ankömmling lachte, als wisse er jetzt über Pulp Bescheid, aber seine Augen blieben völlig starr.

«Was du nicht sagst!»

«Ich arbeite mit Katalog. Und wer sind Sie? Polizei?»

«So ist es. Du hast es erraten, mein kleiner Depp.»

«Sie haben einen rüden Ton am Leib», stellte Pulp fest. Es war als Beschwichtigungsversuch gedacht.

Der Mann sah Pulp hochnäsig an und verzog sein Gesicht zu einem Grinsen. «Heute gehe ich dir nicht mehr an die Eier, Toto!»

«Ich finde, das ist eine ausgezeichnete Idee.»

Der Mann ließ den Revolver langsam am ausgestreckten Arm kreisen, als sei er irgendein mystisches Objekt. Er hatte zu grinsen aufgehört, und es schien, als würde eine zwanghafte Idee von ihm Besitz ergreifen. Er atmete schwer.

«Woher soll ich wissen, daß du keiner von denen bist?» fragte er sibyllinisch. «Sperr dein dreckiges Maul auf!»

«Wie bitte?»

«Schön weit! Los jetzt, zeig deine scheiß Zähne her!»

Die Stirn des Mannes war schweißbedeckt. Man konnte zusehen, wie die Tropfen anschwollen und zu seinen steinfarbenen Augen hinabrannen – ohne daß er blinzeln mußte. Ein Irrer, dachte Pulp und sperrte mit blödem Gesichtsausdruck den Mund auf. Draußen war Wind aufgekommen. Ein Laden schlug gegen die Fassade.

«Gut. Wieder zumachen. Richtig, du trägst keine Brille, und du läßt dir ins Maul gucken. Aber verdammte Kacke! Zu gern hätt ich mal einen von denen mitten in der Stadt allegemacht!» versicherte ihm der bewaffnete Mann voller Verbitterung. «Solltest in Sainte-Croix keine Wurzeln schlagen, Toto! Hier gibt's eh nur eine Apotheke!»

«Und ein Krankenhaus!»

«Das ist privat. Handelsreisende kommen da nicht rein.»

Der Mann atmete jetzt wieder leichter. Einen Moment betrachtete er unsicher seinen Revolver. Seine Augen wurden schmal. Dann seufzte er und steckte die Waffe liebevoll in einen Schultergurt aus Wildleder. Er richtete seine Augen wieder auf Pulp.

«Ich gehe jetzt, Toto. Ich glaube nicht, daß wir uns je wiedersehen. Sollte es trotzdem passieren, würde ich dir das ziemlich übelnehmen.»

«Ich habe die Anspielung kapiert», unterbrach ihn Pulp, der mittlerweile rot sah.

Als der Krieger verschwunden war, verriegelte er die Tür. Das Telefon klingelte.

«Hallo, Gabriel, ich bin's! Ich hatte gerade von deinen wilden Lippen geträumt, als ich deine Nachricht bekam. Ist das nicht komisch – das Verlangen genau in diesem Moment? Geht es dir auch so?»

Gabriel versicherte ihr, daß es ihm auch so ginge, daß auch er das brennende Verlangen spüre, die Lippen auf seine Dulcinea zu drücken, vor allem da, wo es einem in der Nase kitzelt und man niesen muß, wenn man nicht achtgibt – so, wie wenn man aufgeregt an den kleinen Löchern des Pfefferstreuers zwischen den Zähnen des Weihnachtsmanns schnuppert. Nur daß das im Moment leider nicht möglich war.

Er nahm Abschied und rief im Pied de Porc an. Vlad sei nicht da, angeblich krank, sagte ihm Gérard. Seine Abwesenheit habe das Bistro in den Ausnahmezustand gestürzt und seine Frau Maria müßte den ganzen Fraß in der Bullenhitze nun alleine zusammenrühren. Ob Gabriel, der sich auf dem Land den frischen Wind um die Nase wehen und es sich gutgehen ließe, es sich überhaupt vorstellen könne, welch verheerenden Schaden die beiden volles Rohr feuernden Herde an der noch wirklich verführerischen Figur seiner Frau anrichteten? Welch gräßliche Menge an Hitze sie auf ihre Schenkel, ihren Bauch und ihre Brüste spien?

Gabriel hielt dagegen, daß das, was der Schönheit Marias zusetzte, noch nicht restlos erforscht sei. Er gab Gérard seine Telefonnummer. Vlad sollte ihn gleich, wenn er wieder da wäre, zurückrufen. Dann verließ er das Hotel und ging zu Fuß zur Chinesischen Mauer.

Die Luft stand. Entlang der schnurgeraden Hauptstraße, die zur Mauer hin sanft abfiel, schmeichelten Geschäfte und zweistöckige Häuser mit ihren feschen Fassaden dem Auge des Flaneurs. Überraschend war allerdings, daß alle Fensterläden geschlossen waren. Selbst auf der Straßenseite, die im Schatten lag, war kaum ein Laden aufgeklappt. Passanten waren so gut wie keine unterwegs. Statt dessen drangen Radio- und Fernsehgeräusche aus der Abgeschiedenheit der Behausungen. Hinter Pulp heulte ein Motor auf. Er drehte sich um und sah einen Jeep, in dem nicht – wie er erwartet hatte – der Krieger mit den Achataugen saß, sondern ein Spaßvogel desselben Kalibers, etwas älter, aber nicht so fett. Der Mann warf ihm einen langen, mißtrauischen Blick zu, dann rollte der Wagen auf seinen großen Stollenreifen davon. Eine Sirene heulte. Auf Gabriels Uhr war es achtzehn Uhr. Die Schicht in der Weißgerberei war zu Ende. Mit einem Mal füllte sich die Straße mit einer Unmenge von Fahrrädern und Mofas. Arbeiter in ihren blauen Overalls, schweigend über die Lenker gebeugt, auf dem Weg nach Hause.

Der Himmel riß auf, und ein herrliches Rosa leuchtete in der Höhe. Eine taningeschwängerte Brise kam auf, fegte durch den Ort und kräuselte die Oberfläche des Flusses, den Gabriel aber wegen der Mauer nicht sehen konnte.

Hier unten, in unmittelbarer Nachbarschaft zur Mauer, sahen die Häuser weniger einladend aus. Einige waren nur mehr Ruinen. Es gab keine Blumen mehr an den Fenstern. Statt dessen hingen geflochtene Knoblauchzöpfe über den Eingangstüren. Die Fensterläden waren mit Brettern zugenagelt. In ein paar Unterständen waren Leute mit dem Herrichten wackliger Möbel und museumsreifer Küchengeräte beschäftigt. Ein flinkes, fleißiges Völkchen – das getreue Abbild von dir und mir in irgendeiner Stadt der dritten Welt. Niemand schien auf Gabriel zu achten. Er ging immer weiter, mitten unter ihnen, ohne daß ihn jemand auch nur flüchtig angesehen hätte.

Die Mauer mochte aus dem Mittelalter stammen. Ihre Fassade aus Granitblöcken hatte den Zahn der Zeit überdauert. Nur ihr oberer Rand hatte was abbekommen. Schwarz und zerklüftet ragte sie sechs oder sieben Meter in den Himmel. Wie eine Ätzradierung. Auf ihrem unteren Teil standen in weißen Großbuchstaben folgende Worte:

Strafkolonie
Tod den Kafkas

Gabriel fand eine Öffnung, die mit einem verkohlten Auto verrammelt war. Er trat gegen die morschen Holme des Wracks und zwängte sich zwischen der schwarzen Motorhaube und dem nach Urin stinkenden Gestein hindurch. Mit verdreckter Hose und aufgerissenen Händen fand er sich bald auf der anderen Seite wieder, auf einer Art Vorplatz, gegenüber von dem, was einmal der Ortskern von Sainte-Croix-des-Eaux gewesen sein mußte. Von einem Schild, das man dort wahrscheinlich anstelle des ursprünglichen angebracht hatte, erfuhr er, daß er sich auf der Place Romana befand.

Außer einem jungen Typ, der sehr müde wirkte, war von irgendwelchen Bewohnern weit und breit nichts zu sehen. Der Typ drehte sich um und richtete seine schwarzen Brillengläser auf Gabriel. Die mittelalterlichen Häuser mit ihren spitzen Dächern lehnten aneinander. Diejenigen, die der Chinesischen Mauer am nächsten standen, waren am schlimmsten heruntergekommen. Die zerrissenen Dächer gaben die Sicht auf altersschwache Gerippe aus morschen Balken, Sparren und angefressenen Giebel frei, auf Bauschutt, der mit einem engmaschigen Draht überzogen war, über dem Dornenhecken wucherten. Heerscharen von Nagetieren flitzten herum: Rennmäuse, Lemminge und eine junge Bisamratte, die ihre winzigen Hoden an einem dürren Stock frottierte. Gabriel betrachtete die schludrige Skizze von Joséphine und versuchte sich im Labyrinth der Gassen, die alle zum Fluß führten, zurechtzufinden.

Zehn Minuten nachdem er die Mauer passiert hatte, stand er vor dem Haus Nummer 7 in der Rue de l'Esplanade. Er rüttelte an einem Metallknauf, wartete, betrachtete das schlammige Wasser des Flusses, das das unbefestigte Ufer unterspülte.

«Jaaa?» hörte er eine jämmerliche Stimme.

«Ich komme wegen der Blutspende», rief Gabriel – genauso wie es ihm Joséphine aufgetragen und dabei schallend gelacht hatte.

6 Eine kleine Frau

Ein solide gebautes Haus, bestimmt noch im letzten Jahrhundert angenehm zu bewohnen, dachte Gabriel, als er dem morschen Alten folgte, der ihm die Tür geöffnet hatte. Sie gingen durch einen langen Gang, der von jener kühlen Feuchtigkeit erfüllt war, die einen unwiderstehlichen Drang zu pissen auslöst. Man kennt das. An zerrissenen Tapeten hingen Gipsstücke von den Wänden. Dann ein großes Zimmer, in dem wurmstichige Möbel mit zerschlissenen Bezügen herumstanden. Mit meckernder Stimme sagte der Mann, daß er Milenas Onkel sei und Kafka heiße. Er forderte Gabriel auf, sich zu setzen, und schlurfte davon. Außer dem immer schwächer werdenden Geräusch des Alten, der mit seinen Pantoffeln die Kacheln polierte, war in der sumpfigen, nach Weihrauch duftenden Atmosphäre kein Ton zu hören.

Durch die Scheibe eines schmalen, halb geöffneten Fensters fielen bunte Flecken auf die Wand.

«Sie bittet dich, ein wenig Geduld zu haben. Sie ist gerade erst aufgestanden.»

Pulp fuhr hoch, er hatte den Alten nicht zurückkommen hören. «Was haben Sie gesagt?»

«Seit Felice verschwunden ist, grämt sich Milena sehr um ihre Schwester. Sie will nicht mehr essen. Seit vier Tagen schon. Ein dreckiger Krieg, den sie gegen uns führen. Ihr Verlobter ist auch verschwunden.»

«Vielleicht sind sie gemeinsam weggezogen, in eine Gegend, die etwas ... moderner ist?»

In diesem Moment spürte er so etwas wie einen Luftzug, und es wurde kühler im Zimmer. Der Alte hatte sich aufgerichtet. Gabriel spürte, wie sich seine Nackenhaare sträubten. Er spürte, daß *sie* das Zimmer betreten hatte, und drehte sich um.

Die Augen. Größer und klarer als alles, was er je zuvor gesehen hatte. Mandelförmig, verschwenderisch. Blasse Pupillen, von denen eine große Neugier ausging. Aber nicht einmal der Anflug eines Lächelns. Das schwarze Haar hatte sie zu einem altertümlichen Knoten zusammengebunden. Sie war zierlich. Eine kleine, etwa dreißig Jahre alte Frau, die in ihrem schlichten Seidenkleid eindrucksvoll wirkte.

«Du willst sicher was trinken?» erkundigte sich der Alte.

«... Ja, ein Bier, wenn Sie eins haben.»

Der Alte verschwand, während sich die Frau mit der Eleganz einer Ballettänzerin zwischen Gabriel und dem Fenster aufstellte.

«Ich hasse das Licht!»

Das waren ihre ersten Worte. Sie hatte eine rauhe Stimme, die von weit unten aus dem Kehlkopf kam. Die tiefstehende Sonne schien durch ihr Kleid und zeichnete ihren Körper in allen Einzelheiten nach: die Rundungen der Beine und der Hüfte und noch mehr. Doch Gabriel wagte es nicht, diese Frau zu begehren.

«Der Name Ihres Onkels, Kafka, ist ungewöhnlich, oder?» fragte er unvermittelt.

Die blassen Augen durchleuchteten ihn gründlich.

«Es ist der Name, den sein Vater ihm gegeben

hat! In unserer Familie wird der große Tscheche sehr verehrt. Ich habe in Bukarest eine Doktorarbeit geschrieben, mit dem Titel *Kafka und die Metamorphose des Blutes.*

«Tatsächlich?»

Die Frau legte ihre Stirn in Falten.

«Die Ironie der *Heißblüter*, was? Geben Sie zu, dieser Mann hat erstaunliche Texte geschrieben. Viele von ihnen kenne ich auswendig. Überrascht Sie das?»

«Nein», beeilte sich Gabriel zu versichern. «Aber Vlad und José waren, was Ihre Familie angeht, nicht gerade gesprächig.»

«José ist manchmal etwas verstört. Zweifellos macht ihm der Mythos zu schaffen!»

«Sie möchten also, daß ich Ihre Schwester finde?»

«Ja. Frauen sind bei unseren Feinden sehr gefragt. Bei den Heißblütern ...»

«José hat auch mich so genannt: ‹Heißblut›. Was soll das?»

In Milenas Augen flackerte Unsicherheit auf. Plötzlich war, wie durch einen Zauber, der morsche Alte wieder da und hielt Gabriel ein Glas und eine geöffnete Bierdose hin – eine braune Köstlichkeit namens Gambrinus.

«Tschechisch?»

Milena nickte.

«Hat genau die richtige Temperatur», begeisterte sich Gabriel und ließ die schaumige Flüssigkeit in seinen dehydrierten Organismus laufen.

«Wenn Sie wirklich der sind, für den ich Sie halte, werden Sie Felice finden, bevor es zu spät ist.»

«Warum gehen Sie damit nicht zu den Bullen?»

Da fing der Alte plötzlich an zu schluchzen. Sein Gerippe bebte so heftig, daß Gabriel befürchtete, die brüchigen, entkalkten Knochen könnten brechen.

«In Sainte-Croix-des-Eaux gibt es nur die Miliz. Und die wird von unseren Feinden bezahlt», erklärte Milena frostig. «Die Strafkolonie ist ein Ghetto. Wer es verläßt, begibt sich in allergrößte Gefahr. Felice und ihr Verlobter haben es gewagt. Seither sind sie verschwunden. Bringen Sie sie wieder zurück, falls es überhaupt geht. Sehen Sie sich einfach um. Und fangen Sie im Schloß damit an!»

«Es tut mir sehr leid», gestand Gabriel und betrachtete den Alten, der sich das Gesicht mit einem Geschirrtuch abwischte. «Ich frage mich, wie ich Ihnen helfen kann. Ich bin nicht das Gesetz.»

Verzweiflung lag im Blick der Frau. Sie schloß die Augen und sagte: *«Du sitzt hier im Dunkel und im Wohnzimmer hättest du schönes Licht. Du nippst vom Frühstück, statt dich ordentlich zu stärken. Du sitzt bei geschlossenem Fenster und die Luft würde dir so gut tun.»*

«Vom großen Kafka?»

«Das Urteil!»

«Sie sind eine Vortragskünstlerin. Wie soll ich sagen … ich bin geblendet!» bemerkte Gabriel ironisch und versuchte, einen klaren Gedanken zu fassen.

Sie schien in seinen Worten nach einem verborgenen Sinn zu suchen und sah ihn an wie ein zu unrecht geschlagenes Kind oder Tier. Ihre Züge wurden außerordentlich streng. Das Stück Himmel im Fenster war nun dunkelrot. Dickes, schweres Halbdunkel beherrschte den Raum. Von den Schatten schien ein stummes und unheimliches Leben auszugehen.

«Wir sollten Licht machen», bemerkte Gabriel mit einer Stimme, die ihm selbst fremd vorkam.

«Wir haben keinen Strom.»

Mit einem Mal erschien das Zimmer riesig, eine unsichtbare Welt, von Schwingungen durchzogen. Vergeblich suchten Gabriels Augen in diesem dunkel-trüben Licht nach Milena und dem Alten. Er wollte aufstehen, aber es gelang ihm nicht. Zum zweitenmal an diesem Tag sträubten sich seine Nackenhaare. Eine unerträgliche Spannung lag in der Luft. Dann spürte er eine leichte Brise, wie den parfümierten Hauch einer Geisha. Sie blähte die Vorhänge und schickte ein langes, wollüstiges und friedfertiges Zittern durch alles Schlechte, was da hätte sein können. Zeit verrann – wie Wasser in einem Fluß. Der Alte zündete eine Kerze an, und Gabriel wurde von sanfter Ruhe erfüllt.

7 Der Prozeß

Als Gabriel im Hotel ankam, war es tiefe Nacht. Er ließ die Wanne vollaufen und machte den Fernseher an. Mit allerlei Bildern wurde der verheerende Zustand der Welt dokumentiert. Gabriel drehte den Ton leiser, bis nur noch Gemurmel zu hören war. Dann legte er sich ins heiße

Bad. Er lauschte dem Plätschern des Wassers gegen den Wannenrand und träumte von einer Berberin mit weißen Pupillen, die ein Hotel führt. Um sechs nach zwei, er schlief mit geballten Fäusten, sackte er weg und wäre fast abgesoffen. Hustend und spuckend sprang er aus seiner Seifenwasserfalle, trocknete sich flüchtig ab und schaltete die flimmernden Farbbalken auf der Mattscheibe aus. Durch das Fenster sah er entfernte Explosionsblitze am nördlichen Teil der Chinesischen Mauer. Gabriel legte sich schlafen. Nachdem der Rest der Nacht friedlich verlaufen war, stand er früh auf und ging zur Rezeption hinunter.

«Gestern hat hier jemand lange auf Sie gewartet», teilte ihm der Angestellte mit.

«Ein Fallschirmspringer auf dem Kriegspfad?»

«Nein, Monsieur, den Fallschirmspringer kenne ich. Der Mann, von dem ich spreche, war angezogen wie wir alle – nur eleganter.»

«Haben Sie eigentlich den Fallschirmspringer gerufen, nachdem ich das Zimmer gemietet hatte?»

Zunächst schwieg der Portier, dann sagte er: «Man ist dazu verpflichtet, Monsieur. Wir haben die Auflage, der Miliz jeden neuen Gast zu melden.»

«Sie schenken mir nichts, wie?»

«Doch!»

«Nicht zu glauben, was denn?»

«Der elegant gekleidete Herr hat mir geraten, Ihnen gegenüber nicht zu erwähnen, daß er hier war. Und was den Krieger angeht ... man sagt ihm nur das Nötigste. Um im Hotel keinen Ärger zu bekommen.»

«Wo finde ich das Postamt, tapferer Bürger?»

Der Angestellte sagte es ihm.

Es war genauso heiß wie am Vortag, aber der Himmel war hell und klar. Die Läden an den Häusern waren noch immer geschlossen. Ein eigenartiger Ort. Nicht ein Luftzug. Gabriel sah hinauf zu dem mit Fichten bestandenen Mont Sainte-Croix. Wie es sich dort oben wohl atmen ließe! Auf einer Lichtung in der Nähe des Gipfels konnte man ein Gebäude mit Glocken- und Wachtürmchen erkennen.

Das Postamt lag in einer kleinen Straße, die direkt von der Hauptstraße abzweigte. Gabriel stieß die Tür auf. Stickige, nach Bohnerwachs riechende Luft schlug ihm entgegen. Hinter dem Schalter lief ein buckliger Mann herum. Er hatte ein bleiches Gesicht, und auf seinen Schultern lag eine geschlossene Schuppendecke. Er zündete sich eine Zigarette an und legte das Feuerzeug auf die Theke. Dann zog er einen Hornkamm heraus und kämmte sich mit übertriebener Sorgfalt die Haare. Als er mit dem Ergebnis zufrieden zu sein schien, sprühte er sich Festiger ins Haar. Bevor er die Dose wieder hinstellte, schüttelte er sie, um zu hören, wie voll sie noch war. Gabriel hatte es nicht eilig. Interessiert betrachtete er eine gelbliche Pflanze, die in einem schweren Topf schweigend ihr Dasein fristete.

«Ich hab sie nie an das Klima gewöhnen können», erklärte der Mann hinter dem Schalter. «Aber heute ist sowieso ihr letzter Tag.»

«Vielleicht sollten Sie sie ins Licht stellen, vors Fenster?»

«Damit die Sonne sie verbrennt? Das Risiko ist mir zu groß. Sonnenstrahlen tun niemandem gut, sie erzeugen Krebs. Ich träume von einer Welt ohne Sonne. Wissen Sie, das haben die in der Kolonie ganz gut verstanden.»

«Was haben die verstanden?»

«Daß man, um gesund zu bleiben, nur nachts vor die Tür geht. Also gut, was kann ich für Sie tun?»

«Mir das Telefonbuch der Kolonie geben.»

«So ein Telefonbuch gibt es nicht.»

«Wie kann ich dann die Nummer von jemandem finden, der in der Kolonie wohnt?»

«Dort gibt es sowieso keine funktionierenden Anschlüsse mehr.»

«Und die Post?»

«Die Leute im Lager schreiben nicht viel. Sie arrangieren sich normalerweise mit ihren Landsleuten, die auf unserer Seite wohnen. Obwohl, manchmal gibt es da auch Spannungen.»

«Spannungen?»

«Wollen Sie mich aushorchen?»

«Wie kommen Sie auf die Idee?»

«Die Fragen nach der Kolonie.»

«Ich suche neue Kunden. Ich bin Pharmavertreter.»

«Natürlich!» sagte der Postler mit ironischem Unterton und machte Gabriel ein Zeichen, daß er sich vorbeugen sollte. Dann sagte er mit gedämpfter Stimme: «Ich bin bestechlich.»

«Wieviel?»

«Verraten Sie mir, was Sie in diesem gottverlassenen Nest verloren haben? Es gibt Gerüchte über Sie.»

Gabriel beugte sich vor und flüsterte ihm etwas ins Ohr.

«Fragen Sie!» forderte ihn der Postler auf.

«Es gibt Rumänen, die im neuen Teil der Stadt leben, und Rumänen in dieser Strafkolonie, hinter der Mauer. Erklären Sie mir das!»

Der Bucklige lachte spitz. «In den Sechzigern, als die Wirtschaft so richtig geboomt hat, gab's hier nicht genug Malocher für die Industrie. Der Eigentümer der Gerbereien, Henri Pronteau Cagnol, ist auch früher immer schon zum Jagen in die Karpaten gefahren. Er hat dort billige Arbeitskräfte angeworben. Später, nach der Ölkrise, als es nicht mehr soviel Arbeit gab, hat er die meisten wieder rausgeworfen.»

«Und die Arbeitslosen, die Kafkas, wurden ins Ghetto gesteckt?»

«Nein, überhaupt nicht. Die Kafkas sind illegale Einwanderer. Sie sind anders. Die Franzosen und die *normalen* Rumänen haben Angst vor ihnen und halten sie sich vom Leib. Die Kafkas haben sich nicht integriert und leben wie Outlaws dort hinter der Mauer. Sie haben ihre Sitten und Bräuche mitgebracht und gehen nur nachts aus dem Haus. Man erzählt sich so viele Geschichten über sie!»

«Aus einer Frage ergibt sich die nächste. Wieso hat ein Kaff wie eures eine Miliz?»

«Das hängt damit zusammen. Pronteau Cagnol, der auch Bürgermeister von Sainte-Croix-des-Eaux ist, behauptet, daß sich die Einheimischen nicht mehr sicher fühlen – und es stimmt ja, es gibt keine Gendarmerie im Ort. Also hat er eine Miliz, um ... sagen wir mal ... die Kafkas zu schikanieren und dazu zu bringen, von hier zu verschwinden.»

«Erzählen Sie mir vom Schloß!»

«Da residiert der Bürgermeister, und die Stadträte vergnügen sich dort.»

Die Tür des Postamts wurde geöffnet. Der bucklige Beamte runzelte die Stirn und nuschelte durch die Zähne: «Besser gesagt, vergnügen sie sich mit der Kolonie. Brauchen nicht mehr in die Karpaten fahren für die Hasenjagd.»

Gabriel drehte sich um. Laut lachend kam der Fallschirmjäger auf ihn zu. «Toto, ich dachte, ich hätte dir geraten, dich schleunigst vom Acker zu machen?»

«Ich versuche, neue Kunden zu finden.»

«Beim Buckligen? Komisch, was?»

Gabriel pflichtete ihm bei, daß das komisch wäre, und fügte hinzu, daß man in der Welt aber noch viel komischere Dinge erleben könnte, wie beispielsweise eine Mißgeburt im Tarnanzug, die im Postamt Rambo spielt.

Der Milizionär war jetzt so nahe herangekommen, daß Gabriel riechen konnte, was er zum Frühstück gegessen hatte. Der Mann hob seinen Gummiknüppel hoch und drohte: «Ich werde dir eine verpassen, daß du dich selbst nicht mehr wiedererkennst.»

Der Postler richtete sich hinter seinem Tresen auf und versuchte zu beschwichtigen: «Aber meine Herren, ich bitte Sie, nehmen Sie doch Vernunft an!»

Er klang offenbar nicht sonderlich überzeugend, denn der Milizionär griff auch noch zu seinem Totschläger und versicherte: «Jetzt hast du ausgeschissen!»

«Wie gut, daß Sie bis an die Zähne bewaffnet sind!»

«Du wirst doch nicht etwa Angst bekommen, Toto!»

Gabriel warf seinen Fangarm über den Schalter, schnappte sich Feuerzeug und Spraydose und richtete sie auf den Angreifer: «Eine Bewegung, Rambo, und du wirst zum Rauchopfer für die Götter.»

Der Krieger lachte dämlich und ließ den Knüppel zu Boden fallen. Den Revolver zog er vielleicht etwas zu hastig, denn die erste Kugel streifte ihr Ziel nur am Ohr. Fluchend drückte Gabriel gleichzeitig auf Haarspray («für normalen Halt») und Feuerzeug. Eine Flamme schlug aus der Dose und setzte die Nahkampfjacke des Fallschirmjägers in Brand, während die zweite Kugel in die amtliche Stuckdecke einschlug. Das brennende Kleidungsstück verbreitete einen ekelhaften Qualm. Der Milizionär, der eine Explosion des Waffenlagers an seinem Bauch befürchtete, löste in panischer Eile sein Koppel. Das Kriegszubehör fiel scheppernd zu Boden. Dann klopfte der Mann fieberhaft auf seine Jacke, als wäre er am Erfrieren. Rotglühende Funken sprühten wie winzige Edelsteinchen durch das Postgebäude. Der erniedrigte Mann fing an, abscheuliche Todesdrohungen und andere Widerwärtigkeiten auszustoßen, die man an dieser Stelle lieber nicht wiederholt. Gabriel trommelte mit den Fingern ungeduldig auf die Theke.

«Buckliger, ich brauche Ihre Pflanze, schnell!»

Der Postler klappte die Theke auf und bot Gabriel eine schlaffblättrige Billbergie an. Gabriel schnappte sich den Übertopf, hob ihn in die Höhe und zertrümmerte ihn auf dem Schädel des zeternden Milizionärs. Der verstummte daraufhin und machte es sich auf dem Boden bequem. Seine Drohungen schien er vergessen zu haben.

«Gut möglich, daß Ihnen das Arschloch an die Wäsche will, wenn er wieder aufwacht», sagte Gabriel nach einer kurzen Pause.

«Ich mach mich sowieso aus dem Staub. Ab zwölf Uhr scheiße ich auf Sainte-Croix-des-Eaux. Nordkap. Werde die Fjorde einen nach dem anderen abfahren.»

«Sommerferien?»

«Rente! Da staunst du, mein Freund, was?»

Die beiden Männer träumten ein bißchen vor sich hin, während sie den am Boden liegenden Körper betrachteten. Gabriel fühlte ihm den Puls, und schließlich einigten sie sich darauf, den Langschläfer hinters Haus auf die Wiese zu schaffen.

8 Das Schloß

Pulp ging zurück ins Hotel. An seinem Zimmerschlüssel klebte eine Nachricht: *«Du kannst mich anrufen. Bin ab 22 Uhr zu Hause. Vlad.»*

«Ihr Ohr sieht ja schrecklich aus», bemitleidete ihn der Portier.

«Der Fallschirmjäger wollte unbedingt mein Blutsbruder werden», klärte ihn Gabriel auf.

«Hat wohl nicht geklappt?»

«Nein. Ich kann kein Blut sehen.»

Gabriel gab den Schlüssel zurück und ging zu Josés Renault, der hinter dem Hotel stand. Zwei Minuten später war er an der Abzweigung, die zum Schloß hinaufführte. Auf einem Schild des Fremdenverkehrsamts las er:

Manoir de l'Olifant 2,8 km
Malerischer Weg
Aussichtspunkt mit Panoramablick

Die Fahrbahn war schmal. Gabriel kurvte zwischen Baumstümpfen und hohen Nadelbäumen hinauf, auf der einen Seite der Abgrund, auf der anderen ein Wildbach. Er überlegte, was er tun sollte, falls ihm irgendwas entgegenkäme. Schließlich endete der Weg auf einem runden Platz neben dem Schloß. Er stellte den Wagen auf einer mit gelber Farbe markierten Parkfläche ab, stieg aus und lief zu einem Teleskop, durch das man das Tal von Amerika betrachten konnte, wenn man Geld einwarf. Für insgesamt elf Francs fand Gabriel sein Hotel, das Krankenhaus, die Kirche, die Gerbereien, den Friedhof, die Chinesische Mauer. Und mit ziemlich großer Wahrscheinlichkeit das Dach, unter dem Milena wohnte. Er spürte einen sonderbaren Druck in der Magengrube, ließ von dem Teleskop ab und ging durch eine Allee auf das Schloß zu. Zephir strich ihm sanft übers Gesicht, während die kleinen, weißen Steine unter seinen Sohlen knirschten. Auf einem Schild wurde alles erklärt:

Betreten strengstens verboten
Gefahr

Das Herrenhaus sah aus wie aus Lego in Naturstein und Ziegel, ungefähr Jahrhundertwende. Es besaß Erker mit Giebelfenstern, runden Dächelchen und Schießschartenattrappen, und sogar einen überdimensionalen Wachturm. Das ganze Anwesen war mit Efeu bewachsen. Auf der linken Seite standen ein kleiner, viertüriger Honda in grün-metallic und ein Nissan-Allrad mit Lehmkrusten an den Reifen. Blühende Blumenrabatten erstreckten sich vor der Freitreppe. Nichts rührte sich. Gabriel stieg die drei Stufen hoch zur doppelflügeligen, fensterlosen Eingangstür aus Eiche. Plötzlich hörte er ein wildes Kläffen, das aus einem Zwinger etwa zwanzig Meter neben dem Herrenhaus kam. Sechs riesige Köter mit Schaum vor dem Maul versuchten, in grimmiger Ekstase über den Zaun zu springen. Sie rutschten ab, überschlugen sich, schüttelten die Lefzen und bissen sich vor lauter Wut gegenseitig in Nacken und Vorderläufe, um es gleich darauf wieder zu versuchen. Gabriel betete inbrünstig, daß der Pferch halten würde.

Er gab nach.

Unter dem Druck von ungefähr 360 Newton durchtrainiertem Fleisch knickte einer der Pfosten ein, der Maschendraht stülpte sich nach außen, und ein zweiter Pfosten brach weg. Sofort sprang das erste Ungetüm über das verbliebene Hindernis, das jetzt mehr an eine Rasenabdekkung als an einen robusten Raubtierkäfig erinnerte. Der Sprung des Tieres verriet einiges über seine physische Konstitution. Seine Artgenossen folgten mit heimtückischer, hündischer Begeisterung. Und jetzt, inmitten der Grabesstille, hetzte die Meute in Dreiecksformation auf Gabriel zu. Es war eine phantastische Bewegungsmaschine, die Verschmelzung von zwölf Paar unermüdlicher Pfoten und sechs spitzen Schnauzen. Mit lautlosem Antrieb, der jedoch die Erde aus dem Boden riß und hinter sich, wie durch eine Düse, als dickes weißes Kieselschrot wieder ausspie. Noch fünfzehn Meter bis zum fürchterlichen Aufprall.

Man kann sich kaum vorstellen, daß Gabriel das alles ruhig mit ansah. Aber genau das tat er. Er hatte sich keinen Millimeter bewegt. Vielleicht waren das die unerfreulichen seelischen Folgen seiner fett-, zucker- und alkoholarmen Diät. Der Unglückliche erlebte das Schauspiel wie ein Zuschauer in einem Traum. Nur daß die Realität, die auf ihn mit exakt vierzig Stundenkilometern zugeschossen kam, mit dieser Virtualität gründlich aufräumen würde.

Ziemlich spät besann er sich und suchte nach der Klingel, die es nicht gab. Wie ein Wahnsinniger schlug er mit den Fäusten gegen die Tür, die sich nicht öffnen wollte. Die Hunde waren nur noch zehn Meter von ihm entfernt. Vergebens drehte er den pilzförmigen Türknauf. Sieben Meter vor ihm wühlten die japsenden Tölen die Erde auf – sich ihrer Extramahlzeit schon völlig sicher. Gabriel schätzte die Entfernung bis zur Panzerkammer, als die ihm der auf dem Parkplatz leuchtende Renault 19 jetzt erschien. Ein verdammt weiter Weg. Spätestens auf der Hälfte hätten sie ihn schon in Stücke gerissen. Also drehte er sich um, preßte den Rücken gegen die Tür und starrte den Zerberussen entgegen.

Okay, das war's ...

Adieu, Cheryl, anmutiges Glitzerweib, adieu, tugendhafte Milena, die ihm den Kopf verdrehte, adieu, Horace Mac Coy, dessen *Kiss Tomorrow Goodbye* er nie wieder auf Französisch lesen würde.

Der erste Hund setzte zum Sprung an.

«Vive la mort!» brüllte Pulp. Da gab die Tür in seinem Rücken nach. Er schlug mit dem Kopf gegen irgend etwas, fiel auf den Rücken und verknäulte sich in einer nach Moschus riechenden Kreatur.

Die Dogge landete mit allen vieren unsanft auf Gabriels Brust. Sie hatte den Rachen aufgesperrt wie das Tor zur Hölle. Er wandte seinen Blick von dem Tier, das tadellose Zahnreihen und lieblose Augen hatte, und blickte in eine dunkle Eingangshalle, mit Jagdtrophäen und Waffen an den Wänden, zumeist antiken, aber auch neueren, wie etwa einem Sportbogen. Dann ging alles blitzschnell: die wohlgeformten Waden und schlanken Fesseln dieser *intensiv duftenden Kreatur*; die Schnauze des Hundes, der zu kläffen anfing, Gabriels Brustkorb freigab und mit eingeknickten Läufen, den Kopf an den Boden gepreßt, rückwärts kroch. Entsetzen und Flehen standen ihm in den Augen. Mit ihm zog sich die ganze Meute zurück. Sie jaulten und heulten wie ein Rudel Jungwölfe, denen ein hartherziger Jäger die Mutter vor der Nase abgeschossen hatte. Gabriel, der sich fühlte, als habe ihm jemand auf die Rübe gehauen, erkannte verschwommen eine krummbeinige Person, die fluchend eine monumentale Treppe herunterhumpelte. Bald wurde dieser Mann von einem zweiten eingeholt.

«Verdammte Scheiße, sie haut ab. Warum hast du ihr auch die Handschellen abgenommen? Sie entwischt uns, die Nutte!» plärrte der Krummbeinige, der außerdem einen spitzen Schädel hatte, wie Gabriel jetzt sehen konnte.

Und in der Tat, eine Frau sprang über den am Boden liegenden Gabriel. Der sah die gespreizten Beine und dunkle Wolle mit einem korallenfarbenen Spalt. Das Kleid ließ Gabriel in einem Dufthauch von feuchter Erde zurück.

«Wer ist das denn, Papa?» fragte der jüngere der beiden Männer unsicher.

Der Alte mit dem spitzen Schädel kam die letzten Stufen herunter. Er röchelte wie ein asthmatischer Seehund und bückte sich über Pulp.

«Scheiße! Große, große Scheiße! Die Kafka ist uns entwischt», haderte draußen der Jüngere inmitten seiner winselnden, demoralisierten Hunde, die den Schwanz hängen ließen und orientierungslos vor sich hin sabberten. Nie, nie wieder würden sie solch starke, kaltblütige Killer sein wie früher.

«Glaubst du, das ist einer von ihnen?» fragte der Jüngere beunruhigt, als er wieder hereinkam.

«Glaub ich nicht», verkündete der Alte, indem er Gabriel am Kragen packte.

«Paß auf, Papa! Vielleicht beißt er!»

«So'n Quatsch! Kümmer dich lieber um das Weibchen. Bei dem Licht kann sie noch nicht weit sein. Nimm den Bogen und ein Gewehr! Ich komm gleich nach.»

Dann zog er Pulp einen Aborigines-Knüppel über den Schädel.

9 Der Bau

Vor allem will ich immer, daß sie richtig tot und ordentlich festgenagelt sind.»

«Dann kann man einen Moment verschnaufen, was, Paps?»

«Nicht viel, aber wenigstens einen Moment, Söhnchen. Und jetzt mach voran!»

«Und wenn ich das Herz nicht treffe?»

«Dann probierst du's noch mal.»

«Das ist aber nicht besonders wirksam?»

«Besser geht's nicht.»

«Aber früher ...»

«Der Pflock ist veraltet, Söhnchen. Das war eine sichere Sache, da hast du schon recht. Aber heute ist das anders. Man muß mit der Zeit gehen.»

«Scheiße, es funktioniert nicht!»

«Ist ja auch kein Saft drauf, Sohn!»

«Ah, stimmt. Hatte ich ganz vergessen.»

«Dabei hab ich extra für dich den Strom hier reinlegen lassen, für diesen blöden Verstärker, der jetzt auf dem Speicher rumsteht.»

«Mann, ist das hier ekelhaft, alles total vergammelt. Überall Löcher und Kötel. Der reinste Kaninchenbau! Ich verstehe nicht, wie das Schloß auf diesem Sand überhaupt halten kann. Bei dem Wind, den wir im Winter haben, müßte es sich doch glatt auf die Seite legen, oder?»

«Die Fundamente sind stabil. Also, worauf wartest du noch?»

«Mir ist so komisch. Ich frage mich, ob das richtig ist, was wir da tun ... Hast du damit nie Probleme gehabt, Papa?»

«Ich weiß gar nicht, was du hast. Das ist ein hygienisches Problem, wie Ratten oder Schlangen zu bekämpfen.»

«Trotzdem ist es schade, diesen Körper zu zerstören. Er ist schön, findest du nicht?»

«Mag sein, aber er ist ... unrein. Und giftig. Das kannst du mir glauben. Jetzt mach schon!»

«Soll ich zwischen die Rippen zielen?»

«Ja. Der Bohrer sucht sich seinen Weg dann von ganz allein. Bei der Arbeit soll man nicht schludern, Söhnchen. Das predige ich meinen Arbeitern auch jeden Tag. Hast du schon mal gehört, wie ich ihnen das gesagt habe?»

«Schon oft, Paps.»

«Ein Chef, ein Familienoberhaupt muß mit gutem Beispiel vorangehen. Erstens seinen Arbeitern, die von Natur aus nichts anderes im Kopf haben, als einen zu verarschen, und zweitens seinen Kindern, damit sie nicht vom rechten Weg abkommen. Das nennt man die Rolle des Vaters. Das ist das Wichtigste! Hast du das kapiert?»

«Ja, Paps.»

«So, und jetzt drück auf den Knopf!»

«Und der andere wird davon nichts hören?»

«Schon möglich. Ich glaube sogar, er hat sich bewegt. Aber das kann uns scheißegal sein. Morgen wird er uns nichts mehr vorwerfen können.»

«Warum hast du ihn denn nicht gleich erledigt? Wolltest du ihn verschonen?»

«Nein, aber er hat so einen verdammt harten Schädel. Trotzdem würde ich wetten, daß ich ihn zertrümmert habe. Er blutet ja wie ein Schwein. So, jetzt schnall sie endlich fest, und hör auf zu zittern! Den Bohrer zieht's ja in alle Richtungen!»

«Warum sagt man immer, daß sie stinken? Die hier riecht doch gar nicht so schlecht.»

«Natürlich stinkt sie, du bist einfach zu weich, Söhnchen. Du hast die Hosen voll. Deine verstorbene Mutter hat dich immerzu mit Samthandschuhen angefaßt. Das sage ich nicht, um sie zu kritisieren, aber ich bin es schließlich, der sich mit den Folgen herumschlagen muß. Manchmal glaub ich, in deinen Adern fließt Zuckerwasser und kein Blut. Stell dir mal die Enttäuschung des Kafka-Weibchens vor, wenn sie dir einen bla ...»

«Paps, das ist ja ekelhaft ... geschmacklos.»

«Sicher. Hast du gedacht, die ist aus Holz? Konzentrier dich. Sei ein einziges Mal bei der Sache!»

«Sie öffnet den Mund, sobald sie tot ist. Paps, ich hab Angst.»

«Wenn jetzt der Doktor da wäre! Der könnte dir das prima erklären, was eine postmortale Zuckung ist. Das ist genau der Augenblick, wo du sie da hast, wo du sie hinhaben willst. Weißt du, wenn die Fresse aufklappt, dann fliegt die Seele davon.»

«Zu Gott?»

«Zum Teufel, Söhnchen! Das ist ein Kafka-Weibchen, du Idiot!»

«Und warum reißt sie die Augen auf?»

«Das weiß man nicht. Da gibt es noch einiges, was wir nicht wissen. Wenn ich dran denke, was für ein Glück das war, daß ich sie mit dem Pülverchen aufhalten konnte. Du kannst dir gar nicht vorstellen, was so eine Bestie in Freiheit alles anrichten kann. Weißt du, wenn du sie gleich beim ersten Mal richtig gefesselt hättest, wäre das Problem aus der Welt, und wir hätten nicht auch noch diesen Halbtoten am Arsch. Stell dir mal vor, vielleicht kommen sie später und suchen nach ihm. Ich bin ein bißchen sauer auf dich, mein Sohn!»

«Was soll ich jetzt machen?»

«Setz den Schrauber statt dem Bohrer ein, und steck die Schraube in das Loch, das du gerade gebohrt hast.»

«So?»

«Ja. Nimm die kleine Umdrehung. Wenn du ordentlich drückst, geht die Schraube rein wie in Butter.»

«Du hast recht, Papa. Klappt astrein!»

«Ich hab immer recht. Operation gelungen, Söhnchen. Die ist bis in alle Ewigkeit ausgeschaltet, diese Pest.»

«Und was machen wir jetzt mit ihr?»

«Das erledige ich selbst. Carabin hätte Verwendung für sie gehabt. Aber wir konnten unmöglich auf ihn warten. Also gehen wir hoch, ich bin hungrig.»

«Und der?»

«Der ist morgen tot. Die Ausrüstung kannst du ein andermal wegräumen.»

Gabriel war gelähmt. Er konnte das verfressene Vieh nicht loswerden, das auf seiner Stirn herumkraxelte. Wenn es Appetit bekam, suhlte es sich in seinem Blut. Ein Vieh, das um so viel kleiner war als er!

Aber Gabriel konnte nichts dagegen tun, er war absolut bewegungsunfähig. Ob es am Blutverlust lag? Nur seine Fingerspitzen konnte er noch krümmen. Es blieb ihm nichts anderes übrig, als das äußerste Fingerglied in Bewegung zu halten, so das nächste zu lockern und so weiter – bis er die ganze Hand wieder bewegen konnte. Nur eins nicht: in diesem Kellerloch verrecken! Sämtliche Geräusche drangen nur gedämpft zu ihm. Wenn er doch bloß den Kopf zu der jungen Frau drehen könnte, um zu sehen, was die Monster ihr angetan hatten. So hatte er Felice also gefunden. Tot! Sie lag auf dem anderen Tisch. Was für ein Erfolg, du Idiot. Ihre Schwester würde zufrieden sein. Das Vieh kroch über Gabriels Kinn und betastete mit unsicherer Pfote die empfindliche Haut an seinem Hals. Eine Maus? Eine Ratte? Licht fiel durch eine schmale Öffnung über ihm. Er sah auf und war überrascht, daß er die Augen bewegen konnte. Seine Pupillen hatten ihre Beweglichkeit wiedergefunden.

In den folgenden zwei Stunden war Gabriel damit beschäftigt, die Durchblutung in seinen Extremitäten anzukurbeln. Mitten in der Nacht gelang es ihm, ein Bein anzuwinkeln, das dann aber zur Seite abknickte. Vor Schmerz stieß er einen Schrei aus. Er konnte also wieder Töne von sich geben. Aber nachdem er das festgestellt hatte, schwanden ihm erneut die Sinne. Als er zu sich kam, herrschte vollkommene Finsternis. Die Arme konnte er jetzt wieder uneingeschränkt bewegen, und er betastete seinen Kopf. Über der Schädeldecke war die Haut eingerissen. Das Blut hatte ihm die Haare zu zähen Strähnen verklebt. Seine Finger tasteten die Narbe nach Knochensplittern ab. Er fand keine. Von dem unerträglichen, stechenden Schmerz hinter der Stirn abgesehen, war er in bester Verfassung, und es schien ihm, als sei er wieder einsatzfähig. Also versuchte er sich aufzusetzen, aber sofort fing das Blut wieder an zu fließen.

Als die ersten Sonnenstrahlen in sein Gefängnis fielen, stand Gabriel an der Tür. Nicht vor der Tür oben an der Steintreppe, deren Stufen mit Hasenlosung übersät waren, sondern vor der unterhalb des kleinen Fensters, die, da war er sich sicher, direkt nach draußen führte. Die Tür war aus Eiche und hatte ein dickes Schloß mit einem verrosteten Eisengriff, das natürlich abgeschlossen war. Er rüttelte. Die Tür bewegte sich keinen Millimeter. Vor lauter Anstrengung mußte Gabriel sich übergeben. Blut lief ihm von seiner Wunde am Kopf über das linke Auge und nahm ihm die Sicht. Er wischte es weg und dachte nach, während in weiter Ferne, hinter der dicken Mauer, ein Hahn zu krähen anfing. Er beobachtete, wie sich auf dem Boden ein kleiner Erdhügel bildete, größer wurde und ein helles Knäuel aus dem Sand kroch. Es stellte die langen Ohren auf. Der Kopf des Hasen drehte sich wie ein Periskop und fixierte dann den Eindringling. Fast gleichzeitig bildeten sich drei weitere Hügel, aus denen Fellkugeln sprangen. Pulp stellte sich vor, wie er einen Tunnel unter der Wand grub und so an die frische Luft gelangen würde. Er lachte zufrieden und fiel in Ohnmacht.

Als er nach zwölf Minuten wieder bei Sinnen war, schleppte er sich zu dem Werkzeug, das die Männer zurückgelassen hatten. Jetzt erst wurde ihm bewußt, daß er bisher nicht ein einziges Mal nach Felice gesehen hatte. Es dauerte einige Zeit, bis er den Schlüssel für das Bohrfutter gefunden und einen Bohrer festgeschraubt hatte. Die Maschine machte einen infernalischen Lärm – zumindest erschien es ihm so. Er bohrte Löcher in das Holz rund um das Schloß. Als er damit fertig war, hebelte er mit dem Bohrer das Holzstück, an dem das Schloß hing, aus der restlichen Tür.

Aber wegen des vielen Sands vor der Schwelle ließ sich die Tür noch immer nicht öffnen. Er stocherte ihn beiseite und nahm dann das Martyrium auf sich, die schwere Tür in ihren verrosteten Angeln zu drehen. Sauerstoff der Güteklasse A blies ihm ins Gesicht. Mit gewaltiger Anstrengung bekam er den Spalt weit genug auf, um sich aus seinem Verließ zu zwängen. Eine Schulter hatte er schon draußen, da hielt er inne und schob sich in den Bau zurück. Bange lief er zu der auf dem Rücken liegenden Silhouette und beugte sich über sie. Felices mandelförmige Augen waren weit aufgerissen – unbeweglich wie die einer ägyptischen Gottheit. Felice starrte die Ewigkeit an. Zitternd berührte Gabriel die samtweiche Haut ihres Gesichts. Einen Moment zögerte er, dann nahm er ihr den spitzenbesetzten, mit Druckknöpfen befestigten Kragen ab und steckte ihn in die Tasche. Überall waren jetzt Hasen. Gut zehn von ihnen saßen einfach da oder hüpften sinnlos herum. Andere hatten sich zitternd auf alle viere gestemmt und ließen Kügelchen auf den Boden kullern, die auf dem Sand glänzten – wie Rosenkranzperlen.

Gabriel wandte seinen Blick wieder der Kafka zu. Eine dicke Metallschraube ragte aus ihrem Herz. Da ging die Tür zur Treppe auf, und jemand stieß einen entsetzten Schrei aus. Gabriel richtete sich auf. Blind vor Wut und Verzweiflung rannte er durch die andere Tür, über den sonnenbeschienenen Rasen, hörte hinter dem Schloß den Chor der kläffenden Köter und rettete sich in den Wald.

10 Das nächste Dorf

Unter dem Blätterdach war es dunkel. Gabriel lief ein großes Stück durch den Wald, weg von der asphaltierten Straße, die zum Schloß führte. Manchmal gab die Schicht aus Tannennadeln unter seinen Füßen nach. Dann sank er fluchend ein, bis zu den Waden. Manchmal geschah es, daß er Hundegebell vernahm, aber vielleicht war es auch nur sein Geist, der ihn narrte. Schließlich erreichte er festeren Boden und lief durch Dickicht einen Abhang hinab. Dann sah er endlich das noch in weiter Ferne liegende Sainte-Croix-des-Eaux, das nächste Dorf. Den Renault 19 von José hatte er zurücklassen müssen. An einen toten Baumstumpf gelehnt, zwang er sich zu einer Pause von zwei Minuten und dachte über die weitere Strecke nach. Dann riß er sich von der trokkenen Rinde los und drehte sich weg, was ihm in diesem Moment das Leben rettete.

Ein Pfeil steckte im Holz, da, wo sich eine halbe Sekunde zuvor noch sein Kopf befunden hatte. Die Federn zitterten heftig nach, wie die Flügel einer sterbenden Libelle. Der Pfeil war ein professionelles Geschoß aus Alu-Karbon-Faser. Gabriel stürzte talwärts, auf den Gürtel aus dichtstehenden Nadelhölzern zu. Noch hatte er zwanzig Meter ziemlich offenes Gelände vor sich, trockenes Gestrüpp und Geröll. Auf halbem Weg hörte er einen Pfeil durch die Luft sirren. Er schlug einen Haken, beschleunigte, so gut es eben ging, und wartete auf einen vernichtenden Schlag in seinen Thorax. Aber der Pfeil raste mit schrillem Ton in einen Felsen, zwei Meter neben ihm, schlug silbrige Funken, wurde hochgeschleudert und wand sich in der Luft wie eine geköpfte Natter.

Äste peitschten Gabriel ins Gesicht. Im Schutz der Bäume wagte er es, sich umzudrehen und einen Blick zurück zu werfen. Zwischen den Bäumen glaubte er, trotz des Schweißes, der ihm in den Augen brannte und die Sicht trübte, eine der Doggen zu erkennen, die lautlos den Abhang hinuntergefegt kamen. Er bahnte sich einen Weg durch das Gestrüpp und versuchte Kurs auf den Ort zu halten. Er stieß gegen Stämme, rutschte ab, stürzte hin, stand mit zerschnittener Haut wieder auf und hetzte weiter. Und dann bekam er Hunger. Wenn er da jemals wieder herauskäme, könnte Cheryl sich freuen. Er mußte mindestens zehn Kilo abgenommen haben! Na gut, drei mit Sicherheit! Er hörte ein Kläffen in unmittelbarer Nähe, dann brach es jäh ab. Der Köter suchte nach seiner Fährte. Er würde sie finden und als erster bei ihm sein. Der Bogenschütze würde in dem dichten Unterholz kaum zielen können. Aber Gabriel machte sich keine Hoffnungen. Er würde den relativen Schutz von Sainte-Croix-des-Eaux nicht mehr erreichen. Was war er doch für ein Schwachkopf! Warum hatte er sich unbewaffnet in dieses Abenteuer gestürzt? Zu dumm, daß er die ganze Geschichte von Anfang an nicht richtig ernst genommen hatte. Wie saudumm war das von ihm gewesen! Er überlegte, welche Möglichkeiten es gab, die blutrünstigen Verfolger in Schach zu halten, wenn die gesamte Bewaffnung aus einem Messer und seinem Schwanz bestand.

Konnte man sich ernsthaft überlegen, den Wald anzuzünden, um einen unüberwindlichen Feuerwall zwischen sich und die Verfolger zu bringen? Aber womit anzünden? Ohne Feuerzeug, Streichhölzer, Brennglas oder Feuerstein? Ein anderes Hirngespinst war die Idee, durch Bäche und Rinnsale zu laufen, um den Hund abzuhängen, der auch diese List sicher schon kannte.

Im Unterholz war es finster. Und als es zu regnen anfing, wurde es noch finsterer. Würde der Regen Gabriels Spuren verwischen, seinen Geruch verwehen, die Wadis mit Wasser füllen, und würden die Eingeborenen anfangen, ekstatische Litaneien zu singen? Das Gebell klang sehr nah. Gabriel blieb stehen. Er bewaffnete sich mit einem eigroßen Kieselstein, der zwischen zwei Wurzelhölzern steckte, die wie übergroße Zehen aussahen. Er wartete und dachte, wie lässig er davonspazieren könnte, wenn er nur einen Doppelschlag auf den Schädeln seiner Verfolger landen könnte. Er hörte das Brummen eines Motors, das lauter wurde. Die Straße war nicht weit. Möglicherweise auch Hilfe? Er drehte sich nach dem Motorengeräusch um. Genau in diesem Moment brach die Bestie krachend durchs Unterholz. Gabriel hielt ihr einen seiner großen Arme entgegen, mit dem anderen holte er aus. Der Hund machte eine Vollbremsung, blieb vor ihm stehen und knurrte. Gabriel warf einen Blick über das Tier hinweg. Wo blieb der Schütze?

Die Dogge war drei Meter von ihm entfernt, bleckte ihre abscheulichen Zähne, schien aber nicht näher kommen zu wollen. Gabriel machte einen Schritt auf den Hund zu. Der wich zitternd zurück, kläffte aufgeregt und drehte dabei immer wieder den Kopf nach hinten.

«Das gibt mir zu denken», sagte Gabriel zu sich selbst und zog Felices Rüschenkragen aus der Tasche.

Der Hund reckte den Kopf, seine Nüstern blähten sich. Gabriel wedelte mit dem Spitzenstoff. Sofort fing der Hund an zu winseln und kroch rückwärts ins Unterholz. Gabriel hielt sich den Kragen unter die Nase, sog den Duft ein und steckte ihn dann wieder in die Tasche. Den Stein stopfte er sich zwischen das Hemd und die nackte Haut. Fröstelnd lauschte er, richtete seine Augen auf den Baum mit den großen Zehen. Er griff nach einem der unteren Äste und war mit einem Klimmzug oben. Zwei Meter über dem Boden saß er einigermaßen bequem gegen den Stamm gelehnt. Die Dogge war verschwunden. Gabriel wartete.

Der Bogenschütze kam nicht aus der Richtung, die Gabriel vermutet hatte. Er näherte sich langsam mit halb gespanntem Bogen, drehte den Kopf nach rechts und nach links und war von der Flucht der Dogge sichtlich beunruhigt. Keine zehn Meter war er mehr entfernt, aber Gabriel hütete sich, ihn anzugreifen. Auch auf diese kurze Distanz blieb ihm noch genügend Zeit zu schießen. Dann entfernte er sich ebenso leise, wie er gekommen war. Gabriel zählte bis fünfzig und ließ sich von seinem Hochsitz gleiten. Er lief in die Richtung, in der er die Straße vermutete. Vierzig Minuten später erreichte er die ersten Häuser von Sainte-Croix-des-Eaux. Außer einer Motorradfahrerin, die es verdammt eilig hatte, begegnete ihm niemand. Der Regen war in ein feines Nieseln übergegangen und weichte ihn völlig auf. Sein Kopf sah aus wie ein geborstener Tiefseetaucherhelm. Wasser hatte sich in seiner Wunde auf dem Schädel gesammelt. Rötliche Rinnsale entsprangen dort wie in einem Gebirgssee und liefen am Kinn wieder zusammen. Gabriel war am Ende. Erschöpft, hungrig, erniedrigt, die Fangarme wie gerädert. Er hatte Blasen an den Füßen. Er war fertig. Restlos fertig. Der Kieselstein schlug gegen seinen Bauchnabel, aber er hatte nicht mehr die Kraft, ihn wegzuwerfen. Er wollte nur noch das Hotel erreichen, sich dort verbarrikadieren (Schrank vor die Tür) und fünfzig Stunden durchschlafen. Danach würde er weitersehen.

Die Hauptstraße war verlassen und Gabriels Uhr im Arsch. Es mußte um die Mittagszeit sein: Es roch nach Essen, und man hörte das Kratzen gieriger Gabeln. Beim ersten Ton der Sirene würden sie wieder in der Gerberei sein – blind und taub für die Schweinereien, die sich in ihrer Gemeinde abspielten. In der Nähe des Hotels stand Vergeats kleine Schrottkiste an der Straße. Gabriel würdigte sie keines Blicks. Aber als er vorbei war, hörte er, wie die Tür geöffnet wurde.

«Da staunst du, was, Pulp? Ich habe einen Sender unter deine Kiste geklebt. Was hast du Wichser denn da oben beim Schloß verloren?»

Vergeat zwängte sich aus seinem fahrbaren Untersatz. Gabriel drehte sich um und verpaßte dem Polizisten eine schulbuchmäßige Ohrfeige, die ihn wieder hinters Lenkrad katapultierte. Gabriel beschloß, gar nicht erst ins Hotel zu gehen, sondern hielt direkt auf die Unterstadt zu. Hinter sich hörte er einen kleinen Motor aufheulen. Als er sich umdrehte, sah er, wie die Blechkiste direkt auf ihn zuraste und Vergeat hinter der Windschutzscheibe mit seiner Pistole herumfuchtelte. Gabriel angelte sich den Kieselstein von seinem Nabel. Im allerletzten Moment, kurz bevor er von einem der vorstehenden Scheinwerfer aufgespießt wurde, schmiß er den Stein auf das Auto. Glas explodierte. Der Schrotthaufen geriet außer Kontrolle, raste noch zwanzig Meter weiter, preschte durch das Frühbeet einer Gärtnerei und durchbrach laut klirrend das Schaufenster, über dem ein Schild die Besucher aufforderte, ohne zu klopfen einzutreten.

Schlechten Gewissens humpelte Gabriel davon. Er drehte sich nicht um. Endlich wurden mal ein paar Fensterläden geöffnet.

11 Die Strafkolonie

Wieder war es der morsche Alte, der ihm die Tür öffnete.

«Erkennen Sie mich?» fragte Gabriel.

«Hm.»

Der Mann machte keine Anstalten, ihn reinzulassen, sondern starrte ihn einfach mit halboffenen Augen an.

«Eine Ratte hat mich mal so angesehen», sagte Pulp gereizt.

«Was weißt du schon von Ratten, mein armer Freund!» unterbrach ihn der Alte mit einem überheblichen Ton in der Stimme.

«Ich bringe Neuigkeiten von Felice.»

Hinter den Augenschlitzen erschien ein schmerzliches Funkeln.

«Schlechte?»

«Leider.»

Der Alte ließ Gabriel herein. Sie gingen durch den feuchten Flur.

«Wo ist die Toilette?»

«Warum?»

«Pissen.»

«Ach so.»

Der Mann zögerte, zeigte dann auf eine Tür links von ihnen, am Ende des Flurs, blieb stehen und wartete. Es war ein Plumpsklo. Man hatte einfach ein kreisrundes Loch in die gesprungenen Kacheln geschnitten. Gabriel wunderte sich über das Spinnennetz, das darüber hing wie das Schutzgitter vor einem Ventilator. Eine Hausspinne kroch unsicher wie eine alternde, gebrechliche Seiltänzerin darauf herum. Gabriel knöpfte sich die Hose auf und wartete, bis das Tier auf der anderen Seite angekommen war, um dann schuldbewußt über das geduldig gesponnene Netz zu urinieren. Auf einer Wiese hätte er wie jeder andere auch seinen Spaß daran gehabt, mit übermütigem, aber doch gezieltem Strahl flinke Krabbler zu jagen, die beim letzten Regen geschlüpft waren. Voller Verachtung für ihre rachsüchtigen Mäuler und ihre giftigen, jungen Stacheln hätte er über ihre wütenden Gesichtchen gelacht. So war der Mensch. So und nicht anders.

«Sie gehen nie aufs Klo?» bemerkte Gabriel, als er wieder draußen war.

«Was geht dich das an», murrte der Alte.

«Was mich das angeht?» sagte Gabriel und machte die Hose wieder zu. «Ich hab nur gefragt, um das Gespräch ein bißchen in Gang zu bringen.»

Er folgte dem Alten in das vollgestopfte Wohnzimmer.

«Milena habe ich heute noch nicht gesehen. Du mußt warten. Und da du nicht viel Geduld hast, nehme ich an, daß du lieber später wiederkommst.»

«Sie täuschen sich, wenn Sie das denken. Sagen Sie, Alterchen, hätten Sie nicht eine Kleinigkeit zu knabbern im Haus?»

«Nein.»

«Sehen Sie trotzdem nach!»

Der Alte maulte und schlurfte in seinen Schlappen davon. Gabriel ließ sich in einen alten Lehnstuhl fallen, aus dem an mehreren Stellen die unappetitliche Polsterung hervorquoll. Es fiel kaum Licht durch die Fenster. Im Zimmer herrschte genau dasselbe schauerlich-schöne Zwielicht wie bei seinem ersten Besuch. Wann war das gewesen? Gestern? Es schien ihm eine Ewigkeit her zu sein. Was machte Milena? Warum gingen diese Leute nie aufs Scheißhaus? Gabriel spürte ein Unbehagen, das er sich nicht erklären konnte. Es gab ja einen Tisch, Stühle, Sessel, einen Schrank, ein paar Bilder mit ungenauen Darstellungen und ein Dutzend kleinerer Gegenstände, die auf die freien Flächen verteilt waren. Gabriel saß inmitten von altem, staubigem Plunder, wie man ihn bei einer alten Tante antrifft oder bei einem Antiquar irgendwo auf dem Land. Aber irgend etwas stimmte hier nicht. Gabriel ließ seine Augen über den wunderlichen Krempel wandern.

Irgend etwas fehlte.

Der Alte kam nicht zurück. Wollte er ihn verhungern lassen? Gabriel merkte, wie ihm trotz aller Anstrengung die Augen zufielen. Er mußte einen wirklich scheußlichen Anblick bieten, so erledigt wie er war. Einen so schauerlichen Anblick, daß man sich vor dem eigenen Spiegelbild fürchten konnte ...

Plötzlich wußte Gabriel, was fehlte.

Seine Gedanken überschlugen sich. Was war so schrecklich daran? Er brauchte sich keine Sorgen zu machen. *Aber wieso bekam er eine Gänsehaut?*

Wer mag schon Gänse oder irgendein anderes Federvieh? Man schätzt höchstens ihre gestopfte Leber oder ihr fades weißes Fleisch. Und Hühner sind noch schlimmer. Dieses Huhn hier zum Beispiel, mit dem weit ausgefahrenen Sporn, dem allzu rundlichen Körper, dem wichtigtuerischen Kopf und dem Miniaturhirn. Ganz zu schweigen von seinem fürchterlichen Schnabel und der überkommenen Ideologie, von der er kündet. Wer kann sich für einen Vogel erwärmen, der nichts anderes tut, als Würmer aus der Erde zu zupfen und sich dabei ständig nach möglichen Störenfrieden umzuschauen? Niemand, das ist doch klar! Und dann muß man auch mal an die Verzweiflung der Regenwürmer denken! Nackt wie sie nun einmal sind, werden sie schlimmer gedehnt als ein Stück Gummi! Vergebens krallen sie sich an die letzten Erdwindungen. Stellen Sie sich doch nur einen Moment lang den Leidensweg des Tieres vor, wenn die gefiederte Nutte seine ersten Glieder hinunterschlingt. Sehen Sie genau hin, wie sie sich mit ekelhaften, kleinen Zuckungen des Kopfes den ganzen Wurm reinzieht. Bemerken Sie, wie sie sich dem Beobachter zuwendet, wie sich ihr Haß auf ihn richtet? Gleich wird sie mit Schnabel und Krallen über ihn herfallen.

«Du reißt mir ja die Haut vom Leib, du Scheißvieh!» schrie Gabriel voller Entrüstung und packte die spitzen Krallen der Angreiferin.

«Nein. Ich versuche, dich zu wecken. Als ich die Wunde an deinem Kopf sah, dachte ich schon, du wärst tot.»

Gabriel riß die Augen auf.

«Milena!»

«Allmächtiger Herr der Finsternis, laß meine Gelenke los!»

«Deine Nägel sind erstaunlich spitz», bemerkte Gabriel und ließ ihre Hände los.

«Gefallen sie dir nicht?»

«Beinahe hättest du mir die Augen ausgekratzt.»

«Ich habe dich nur wachgerüttelt. Kafka hat mir gesagt, daß Felice ...»

«Ja. Tut mir leid.»

Gabriel stand auf. Aber es wurde ihm schwindelig, und er mußte sich wieder hinsetzen. Er erzählte Milena alles, von Anfang an. Der Alte hielt sich die ganze Zeit über im Dunkel.

«Wiederhol das noch mal, und erzähl ganz genau, was sie im Bau mit meiner Schwester gemacht haben!»

Während Gabriel alles noch einmal erzählte, glaubte er den Alten in seiner Ecke schluchzen zu hören. Milena hing an seinen Lippen, und als er zu Ende erzählt hatte, starrte sie mit leeren Augen vor sich hin. Der Alte räusperte sich, kam näher und sagte mit seiner meckernden Stimme:

«Nie, nie werde ich Sie wiederse ...»

«Halt die Klappe!» schnitt ihm Milena das Wort ab.

«Ich hab versagt. Ich konnte sie nicht beschützen», sagte Pulp kleinlaut. «Ich hab mich als unfähig erwiesen – von Anfang an. Das Versprechen, das ich dir und José gegeben habe, hab ich nicht halten können.»

«Es war sowieso schon zu spät. Die Heißblüter aus dem Schloß haben geschworen, unsere Familie zu vernichten. Ab heute lautet dein Auftrag, Felice zu rächen.»

«Ich bin nicht das Gesetz, das habe ich dir schon einmal gesagt.»

«Es ist aber die einzige Möglichkeit, uns zu schützen», erwiderte Milena.

Gabriel wußte nicht, was er darauf sagen sollte, zumal er selbst gute Lust hatte, den Bogenschützen samt seinem Vater aufzuschlitzen.

«Ich müßte mal telefonieren. Ich brauche Waffen, und in die Stadt kann ich nicht zurück.»

«Das erledigen wir morgen», sagte der Alte.

«Warum nicht gleich?» fragte Gabriel.

«In der Kolonie gibt es keine Telefonanschlüsse mehr», warf Milena ein. «Zuerst muß einer unserer Techniker eine provisorische Leitung legen. Die Milizionäre entdecken sie zwar irgendwann, aber wir legen dann einfach eine neue. Jetzt werde ich erst mal deine Wunde reinigen und dir zeigen, wo du schlafen kannst.»

«Ich habe seit gestern nichts mehr gegessen», bemerkte Gabriel.

«Kafka, mach ihm was zu essen!»

Der Alte entfernte sich. Milena holte eine große Keksschachtel hervor, die als Hausapotheke diente, und reinigte Gabriels Verletzung. Ihre Hände waren sanft und geschickt.

«Bist du mal Krankenschwester gewesen?»

«Nein, aber ich habe Erfahrung im Umgang mit Blut.»

«Ich mag deine Finger», sagte Gabriel.

«Das ist nicht gut.»

«Warum?»

«Wir gehören nicht zur selben Gattung, es könnte gefährlich werden.»

«Aber Mann und Frau sind dafür geschaffen,

sich zu begegnen. Ich mag deine Hände und auch dein ... Wesen. Du bist so ... anders. Und vor allem: Seit ich dich kennengelernt habe, muß ich ununterbrochen an dich denken. Ich bin wie besessen. Ich weiß, es ist nicht der richtige Augenblick, aber ... Autsch, du tust mir ja weh!»

Der Alte war zurückgekehrt. Er stellte ein Tablett auf den Stuhl neben Gabriel: eine Schale Rinderhack, eine Karaffe Wasser, ein Glas.

«Danke für das Tatar», sagte Gabriel.

«Ist kein Tatar. Kein Ei dran», belehrte ihn der Alte.

«Ja, aber es ist roh.»

«Wir haben keinen Herd. Hast du vielleicht gedacht, daß ich mir deinetwegen besondere Mühe gebe?»

«Laß uns alleine, Kafka, kapiert?» wies ihn Milena zurecht.

Der Alte zog sich maulend zurück. Milena packte ihre Hausapotheke zusammen. Sie schwiegen. Dann sagte Gabriel:

«Kannst du dir vorstellen, was du bei mir auslöst?»

«Ja.»

«Das kann ich kaum glauben.»

«Zwischen meinen Beinen lodert ein Feuer», bemerkte Milena sanft.

12 Brief an Milena

Pulp wurde vom Geschrei der Krähen geweckt. Er schlug die Augen auf. Anderthalb Meter über seinem Kopf fiel etwas Tageslicht durch kaputte Ziegel. Durch ein Ausstellfenster sah er die schwatzenden Vögel auf dem Dach. Er setzte sich auf. Die Kopfverletzung bereitete ihm große Schmerzen. Er hatte einen Kater, ohne einen Tropfen Alkohol getrunken zu haben. Auf dem Speicher befand sich nichts außer der alten Matratze, deren Metallfedern er noch im Rücken spürte, und der Gipsbüste eines Mannes mit Schnurrbart und strengem Blick. Ein schwacher Wind war aufgekommen, pfiff durch die Schindeln und wirbelte den alten, trockenen Staub auf. Gabriel mußte niesen, dann kroch er auf die niedrige Tür zu.

Als er die schwankende Leiter hinunterkletterte, erinnerte er sich, daß er am Abend inständig gehofft hatte, Milena würde vor ihm die Treppe hinaufsteigen. Aber sie hatte ihm bloß eine Decke zugeworfen und gesagt, daß er dort oben etwas finden würde, wo er schlafen könnte. Das Wohnzimmer war verlassen. Gabriel ging zum Fenster. Die Sonne stand diesig und abwartend über der Chinesischen Mauer. Gabriel ging in die Küche, die sich im hinteren Teil des Hauses befand. Hier war es düster, der Boden war gekachelt, und es gab einen Kühlschrank, einen Resopaltisch, zwei Stühle und einen kleinen Wandschrank. Gabriel hörte, wie die Eingangstür geöffnet wurde. Schleppende Schritte.

«Ich bin in der Küche!» rief er.

«Ich weiß, hab dich gerochen», sagte der Alte und verzog angewidert das Gesicht, als er mit seinem sonderbaren Gang in die Küche trat.

«Wo ist Milena?»

«Sie schläft. Laß sie in Ruhe! Hat sie gestern nicht genug für dich getan?»

Draußen tat der Wind ihm gut. Der Alte war behender, als Gabriel vermutet hatte. Zwar hob er beim Gehen die Füße nicht an, aber er fand immer einen Weg zwischen den Steinen und dem Schutt, und sie kamen schnell voran. Bald erreichten sie die Chinesische Mauer. Ein Mann erwartete sie dort, wo die meisten Häuser zerstört waren, vor einem mit Bauschutt aufgefüllten Graben. Er schien etwa dasselbe Alter wie Kafka zu haben. Neben ihm stand ein schwarzes Bakelit-Telefon aus den fünfziger Jahren. Das Kabel verschwand irgendwo im Geröll.

«Ich hab ein Kabel durch die Kanalisation gezogen», sagte er. «Von Mal zu Mal wird es schwieriger. Der Durchgang ist zu eng, und am anderen Ende mauert die Miliz die Kanalisation zu. Wir müssen einen anderen Weg finden. Ist es für ihn? Für den Heißblüter?»

Der alte Mechaniker sah Gabriel mit seinen schmalen, lebendigen Augen ungläubig an. Der Alte sagte ihm, er solle sich seine Kommentare sparen. Um die Gegenleistung kümmere sich Milena, er solle morgen abend vorbeikommen. Der Mann verschwand mit seiner Werkzeugkiste und seinem verdutzten Gesicht zwischen den Schutthaufen.

Gabriel ging in die Hocke, hielt sich den Hörer ans Ohr und hörte voller Freude das Freizeichen. Er hatte Vlads Nummer nicht mehr. Ungute Vorstellung, daß diese Arschlöcher von Schloßherren sie ihm zusammen mit seinen falschen Papieren abgenommen hatten! Aber Pedros Nummer war kein Problem, die kannte er auswendig.

Nach dem siebten Läuten hob endlich jemand ab. Ein Mann, aus dem Schlaf gerissen, aber auf Draht, fragte, was man von ihm wolle. Gabriel gab sich zu erkennen, und Pedro ließ eine katalanische Schimpfkanonade vom Stapel, beruhigte sich aber gleich wieder.

«Also, ich sage dir das nur zu deinem Besten. Stell dir mal vor, was los wäre, wenn mein Anschluß abgehört wird. Ich hab ja nichts zu verlieren – in meinem Alter. Aber ich hab einen Störsender. Wart mal, ich werd ihn anschalten.» Man hörte eine Reihe kurzer Pfeiftöne. «So, jetzt, was brauchst du?»

Pulp sagte es ihm und bat ihn noch um einen weiteren Gefallen, nämlich die Waffen an den Einsatzort zu liefern. Zunächst wehrte Pedro ab. Er wandte ein, daß das unüblich sei, aber schließlich gab er nach und versprach, zum Treffpunkt zu kommen. Bevor Gabriel auflegte, bat er ihn noch, Cheryl auszurichten, daß es ihm gutgehe.

Auf dem Rückweg lag eine nervöse Spannung über der Kolonie. Zwei Milizionäre hatten einen Vorstoß bis zur zweiten Querstraße unternommen. Sie trugen Polizeihelme mit heruntergeklappten Plexiglasvisieren. Sie hatten ihre Pumpguns betont lässig in der Armbeuge liegen, aber trotzdem konnte man ihre Anspannung förmlich mit Händen greifen. Gabriel fragte sich, ob einer von ihnen wohl der Fallschirmspringer war. Der Alte wählte einen Umweg, um ihnen aus dem Weg zu gehen.

«Manchmal kommen sie her, um Präsenz zu zeigen, so wie heute – nichts als Einschüchterung!

Sie wagen sich nie besonders weit vor ... Könnte aber auch sein, daß sie nach dir suchen!»

Den Großteil des Tages verbrachte Gabriel im Halbschlaf auf seiner Matratze, ohne Milena auch nur ein einziges Mal zu Gesicht zu bekommen. Was hätte er ohne Waffen schon ausrichten können? Gegen drei Uhr nachmittags beschloß er, sich ein wenig umzusehen und damit auf dem Speicher anzufangen.

Hinter seiner Schlafkammer lagen zwei weitere Räume. Der Boden des ersten war größtenteils von Eierkohlen bedeckt. Vor einer Zwischenwand stand ein Schrank mit Flaschen, von denen einige noch gefüllt waren. Gabriel betrachtete sie näher, in der Hoffnung, es könnte sich um Bier handeln, aber er wurde enttäuscht. Dann öffnete er die große Tür, die zum dritten Raum führte. Er war mit Kisten in allen Größen vollgestellt, die auf Rumänisch beschriftet waren. Aus Neugier machte er ein paar von ihnen auf. Sie enthielten sehr alte Kleider und, wie es ihm schien, wertlosen Plunder. Aber immerhin fand er eine Kiste mit französischer Korrespondenz. Er trug sie in seine Kammer und ließ sich auf der Matratze nieder. Der Briefwechsel war schon etwas älter, und als er auf diesen Brief stieß, glaubte er zu träumen:

Hermannstadt, den 18. März 1987

Meine liebe Milena,
erbarme dich, und laß mich nicht länger in dieser entsetzlichen Ungewißheit. Seit zwei Jahren seid Ihr jetzt in

Sainte-Croix-des-Eaux, und bisher kam erst ein einziger Brief von Dir. Was habe ich Dir getan, daß Du mich so behandelst? Seit Eurer Abreise habe ich mein Französisch verbessert. Urteile selbst! Was habe ich mir zuschulden kommen lassen? Mußt Du niemals an mich denken? An mich, dem es mit seiner weiblichen Seele gelungen ist, von Dir geliebt zu werden. Laß Gnade walten, und brich dieses Schweigen, das mich todessehnsüchtiger stimmt als jede Mittagssonne. Werde wieder meine liebende Frau, von der ich unserer Gemeinde noch immer vorschwärme.

Seit Eurer Abreise haben sich schlimme Dinge ereignet. Die Auseinandersetzungen haben beängstigende Ausmaße angenommen. Das Regime wankt. Heißblüter aus den Bergen wollten in die Stadt einmarschieren. Die Soldaten hatten große Schwierigkeiten, sie zurückzuhalten, und in den nächsten Tagen soll bewaffnete Verstärkung anrücken. Unsere Situation ist prekär. Mit Anbruch der Dunkelheit tritt eine Ausgangssperre in Kraft, und tagsüber können wir wegen dem Aufruhr und dem Rattern der Maschinengewehre nicht schlafen. Stell Dir vor, geliebte Mutter meiner Kinder, die Heißblüter sind entschlossen, Ceaucescu zu stürzen, und der tut natürlich alles, um an der Macht zu bleiben. Er läßt auf die armen Leute schießen. All das Blut, das in die Erde fließt – was für eine Vergeudung!

Inmitten des Elends fand sich ein seltenes Glück: Vorgestern kam ich auf die Idee, diesen netten Zahnarzt aus Hateg kommen zu lassen, damit er meinen kaputten Eckzahn repariert. Er kam völlig arglos hierher. Das Haus hat ihm gefallen. Ich habe ihn im roten Salon untergebracht – da ist es am kühlsten. Ich muß diese Woche also nicht mehr vor die Tür.

Sei mir dankbar, liebe Frau, daß ich rechtzeitig ahnte, wie gefährlich es werden würde, und Dich und unsere Tochter zusammen mit den anderen in die Fremde geschickt habe. Wenn es mit den Übergriffen so weitergeht, müssen wir uns ernsthaft Gedanken machen, die gesamte Kolonie ins Ausland umzusiedeln.

Mein Herz schlägt wie wild vor Freude bei dem Gedanken, Dich und das Kind in Sicherheit zu wissen. (Vergib mir meine Einfalt, aber ein armer Teufel – wie ich es bin – kann sie mangels Esprit nicht ablegen.)

Voller Ungeduld erwarte ich, Deine Zeilen zu lesen und aus Deiner Feder alle Einzelheiten über Euer neues Leben zu erfahren.

Ich weiß um Dein hitziges und kompliziertes Wesen und fürchte, daß Du Dich zu leichtsinnigen Dingen hinreißen lassen könntest … Paß also auf Dich auf!

Ich umarme Dich, wie ich Dich liebe.

Dein José

PS – Du kennst meine Vorliebe für handwerkliches Arbeiten. Ich verbringe die Nächte damit, unsere Abdeckungen zu verstärken, und singe dazu Arien – risikolos, ich habe Watte in den Ohren. Oh, wenn Du mich hören könntest, wie ich die Callas imitiere. Das herzzerreißende Finale von La Traviata: «Se una pudica vergine!»

Gabriel dachte noch über den Inhalt des Briefs nach, als er plötzlich jemanden die Leiter heraufkommen hörte. Schnell schob er den Brief unter die Matratze. Es war Milena, die nach ihm suchte.

13 Brief an Felice

Seite an Seite spazierten sie am Ufer entlang. Die Luft war schon kühl und feucht. Manchmal huschte ein Schatten an ihnen vorbei und verschwand im Dunst, der vom Wasser aufstieg und sich allmählich über die Felder legte. Von der Chinesischen Mauer, die man schon nicht mehr sehen konnte, drang Grollen und Knattern zu ihnen herüber und störte die abendliche Stille.

«Da, am Ende der Felder, bei den Pappeln haben die Schweine aus dem Schloß Felice und ihren Verlobten geschnappt.»

«Was sind das für Geräusche?»

«Die Miliz, die uns beschießt. Sie glauben, daß die Bewohner von Sainte-Croix nicht bemerken, was sie treiben. Bloß weil es dunkel ist! So ein Quatsch. Hörst du? Maschinengewehre.»

«Können wir näher rangehen?»

Sie bogen vom Ufer ab und gingen auf die ersten Häuser zu. In völliger Dunkelheit – in der gesamten Kolonie brannte kein einziges Licht – pirschten sie sich an. Es waren nur noch etwa zwanzig Meter bis zur Mauer, da hörten sie eine dumpfe Explosion, und der Himmel wurde taghell. Wie eine Himmelsfackel stieg ein Metallzylinder immer höher in den Himmel hinauf.

«Leuchtraketen», warnte Milena. «Paß auf! Sie wollen sehen, ob sich Leute von uns auf der Mauer befinden.»

Offensichtlich hatten sie welche entdeckt, denn gleich hörte man das Geknatter einer automatischen Waffe und Schreie.

«Sie schießen nicht zurück?»

«Nur wenn sie nachts in die Kolonie eindringen, aber das geschieht fast nie. Komm mit, ich werde dir noch was zeigen!» sagte sie in unheilverkündendem Ton.

Sie folgten der Mauer bis zu einer kleinen, steilen Treppe, die ins Fundament gehauen war. Milena kletterte hinauf, und Gabriel folgte ihr, die Nase an ihren Knöcheln. Er genoß es, aber eigentlich konnte er in der Dunkelheit ihre schlanken Beine nur noch undeutlich erkennen. Er wünschte sich die Explosion eines ganzen Satzes von Leuchtraketen. Die Mauer war oben knapp einen Meter breit und wurde von einem Mäuerchen begrenzt, das einen vor Kugeln schützen konnte, wenn man sich etwas bückte. Von hier oben hatten sie einen Blick über die spärlich erleuchtete Stadt. Gabriel und Milena gingen in die Hocke und krochen langsam dem Lärm und dem Geschrei entgegen.

«Wir sind da», flüsterte Milena. «Beug dich rüber, und schau runter. Du mußt aber sehr vorsichtig sein, du bist verwundbarer als ich.»

Gabriel streckte den Kopf vor. Im Schein der Flammenwerfer hatte er eine sehr gute Sicht auf die uniformierten Milizionäre. Sie beugten sich über reglose Körper, drehten sie fluchend um, nahmen ihnen alles ab, was sie brauchen konnten, und ließen sie dann vom Flammenwerfer verkohlen. Ein Bursche pißte über ein Skelett und ließ sich von einem anderen dabei fotografieren. Das Blitzgerät machte eine weiße Rauchsäule sichtbar. Ein bestialischer Gestank stieg von den herumliegenden Massen auf. Gabriel beobachtete, wie ein Milizionär einem abgeschlagenen Kopf mit einem Geißfuß die Kieferknochen auseinanderstemmte. Dann brach der Leichenschänder zwei Zähne aus dem bloßliegenden Zahnfleisch, bevor der Flammenwerfer den Rest erledigte.

«Die Eckzähne, was sonst?» sagte Milena mit belegter Stimme. «Sie verkaufen sie an Sammler, die sich Ketten daraus machen. Was hältst du davon? Wunderschöne Trophäen, oder etwa nicht?»

«Wie kommt es, daß Leute aus der Kolonie auf der anderen Seite der Mauer geschnappt werden?»

«Es sind Jugendliche. Sie glauben, sie sind besonders clever – wie das in dem Alter so ist. Sie halten sich für unverwundbar, und wenn eine Patrouille vorbeikommt, provozieren sie sie. Aber die Dreckschweine haben einen Weg gefunden: Sie rösten sie, du hast es ja selbst gesehen. Das passiert vor allem Freitag abends. Die Milizionäre sind dann voll wie die Schweine, kommen her und fordern die Provokationen heraus. Laß uns von hier verschwinden!»

Sie machten kehrt und krochen den Wachgang zurück. Sie gelangten sicher bis an den Fuß der Mauer und waren fünf Minuten später bei Milena zu Hause.

«Willst du was essen? Wo zum Teufel steckt Kafka?»

«Ich habe keinen Hunger. Ich gehe ins Bett. Ich nehme die Kerze und die Streichhölzer mit. Morgen werde ich Waffen haben. Und eine Menge Fragen.»

Sie sah ihn entgeistert an.

«Was für Fragen?»

«Solche wie diese: Warum sagst du mir, daß Felice deine Schwester ist, obwohl sie in Wirklichkeit deine Tochter ist?»

Schweigen.

«Du willst nichts dazu sagen?»

«Nein.»

«Vielleicht willst du dein wirkliches Alter vor mir verbergen? Was für ein Blödsinn. Du siehst aus wie dreißig, selbst wenn du wahrscheinlich zehn Jahre älter bist. Das Alter spielt doch überhaupt keine Rolle! Nur weil deine Arterien nicht mehr die jüngsten sind, bist du doch nicht weniger schön!»

Gabriel verließ Milena, die ihn immer noch entgeistert anstarrte. In seiner Schlafkammer war es unerträglich heiß. Wegen der staubigen Luft mußte er niesen. Er stellte den Kerzenleuchter auf den Boden und öffnete die Dachluke. Über der Chinesischen Mauer zuckten Blitze durch die Nacht.

Gabriel legte sich hin und zog die Briefe unter der Matratze hervor. Er überflog ein paar von ihnen, die ihm nicht interessant erschienen. Aber bei der Lektüre des folgenden Briefs zuckte er zusammen und richtete sich auf:

Hermannstadt, den 10. April 1987

Liebe Felice,
Zu erfahren, daß meine Frau bei ihrer Abreise aus Hermannstadt schwanger war, ist eine Sache, aber daß sie entbunden hat und daß ich das erst durch Dich, meine Tochter, erfahre, macht es mir nicht gerade leicht weiterzuleben – selbst wenn ich der Vater bin. Ob mir ein Junge oder ein Mädchen lieber gewesen wäre oder welchen Namen ich mir gewünscht hätte, was geht es mich noch an? Da sich Milena entschieden hat, es vor mir zu verheimlichen, muß sie nun selbst damit fertig werden!

Hier, sowenig es Euch auch interessieren mag, ist die Lage immer noch verheerend. Weitere dreizehn Ortschaften sind dem Erdboden gleichgemacht worden, und es wird zusehends unerträglicher. Unsere Häuser werden von gewaltigen Maschinen zerstört, die Bulldozer heißen. (Ich bin mir nicht sicher, wie man das schreibt.) Es ist die Bezeichnung für einen entsetzlichen, mechanischen Wagen, der dickere Mauern niederreißen kann als ein Gespann mit zwanzig Ochsen. Ich muß zugeben, daß ich mich aufgrund meiner Faszination für alles Technische auch für die Ungetüme begeistern könnte, aber leider richtet sich ihre gewaltige Kraft gegen uns.

Jetzt komme ich zum Allerärgsten: Unsere Friedhöfe werden geschändet. Mit dem Schutt unserer abgerissenen Hütten werden die aufgebrochenen Gräber gefüllt. Schande über unser Volk, das sich von einem solch niederträchtigen Verbrechen auslöschen läßt! Aber jetzt ist es zu spät, ihnen die Stirn zu bieten und die Zähne zu zeigen.

Ich bin sehr pessimistisch geworden, Felice. Überleben können wir nur durch Euch. Aber Ihr müßt vorsichtig sein! Auch wenn man die französischen Behörden für ebenso dumm halten kann wie die unseren, dürft Ihr die Beamten nicht unterschätzen. Wenn sie wüßten, wer Ihr seid, würden sie alles tun, Euch zu vernichten.

Felice, folge diesem weisen Rat, und sei auf der Hut! In der Vorsicht liegt unsere Kraft und, wie ich hoffe, auch unsere Unsterblichkeit.

José, Dein Dich liebender Vater

Gabriel konnte erst gegen Morgen einschlafen. Er hatte auch all die anderen Briefe gelesen, in denen aber leider nur wenig Neues stand. Wieder wurde er von dem Scharren der Krähen auf dem Dach geweckt. Das Licht, das durch die Dachluke fiel, war grau, die Kerze heruntergebrannt. Ein schwieriger Tag lag vor ihm. In Reichweite seiner Hand fand er einen versiegelten Brief, mit seinem Namen drauf. Er öffnete ihn mit einem mulmigen Gefühl.

Gabriel,

heute abend werde ich Deine Fragen beantworten. Wenn ich es bisher nicht getan habe, dann nur deshalb, weil ich Dich schützen wollte. Glaube bitte nicht, daß ich etwas vor Dir zu verbergen hätte. Ich meinte es ernst, als ich dir sagte, daß ich Dich begehre. Aber ich habe Angst vor Deiner Reaktion, wenn ich Dir mein Geheimnis verrate. Ich ging davon aus, daß du mit unseren Sitten und Bräuchen, unserem Wesen vertraut bist … Aber das scheint nicht der Fall zu sein!

Sollte uns nach einer leidenschaftlichen Nacht auch noch die Liebe überwältigen, wie das ja zuweilen vorkommt, wäre das ein weiterer Beweis für meine Vermutung und sicher ein großes Unglück. Wir gehören verschiedenen Gattungen an. Ich habe nicht versucht, mich zu verändern, wie das José und einige andere seit ihrer Ankunft in Frankreich tun. Die Anpassung bringt große Entbehrungen mit sich: eine andere Ernährung, tagsüber arbeiten, ein gezügeltes Liebesleben. Und auch ein solch großes Opfer wie zu akzeptieren, daß man eines Tages stirbt.

All das schwirrt mir durch den Kopf. Hinzu kommt noch die Trauer um den Verlust meiner Tochter (Ja, Felice war meine Tochter!) und der Wunsch, sie zu rächen. Außerdem muß ich mich um Kafka kümmern, mit dem es bald zu Ende gehen wird. Kannst du dir vorstellen, Gabriel, welche Last ich zu tragen habe?

Milena

14 Ein Bericht für eine Akademie

Kafka hatte ihm den besten Weg erklärt: am Ufer entlang, um Sainte-Croix-des-Eaux herum, bis zu einem schmalen, staubigen Feldweg, und den sollte er dann hinunterlaufen.

Saint-Croix-des-Eaux war wirklich eine seltsame Stadt: verrammelt, versteckt, geknechtet von den Stiefeln der Schloßherren und ihrer Miliz. Es wurde Zeit, sich ihre ökonomische Basis einmal näher anzusehen, die Gerbereien. Zuvor allerdings wollte Gabriel jenen Carabin besuchen, den der Schloßherr im Gespräch mit seinem Sohn erwähnt hatte, als sie ihr widerwärtiges Ritual zelebriert hatten.

Das Krankenhaus war ein viergeschossiges, L-förmiges Gebäude. Hell, neu, an einen Hang gebaut, fünfhundert Meter vom Stadtrand gelegen. Auf der Vorderseite der teilweise von Laubwerk verdeckte Parkplatz mit zwei oder drei Wagen und die Baracke der Miliz; *bewaffnete Milizionäre!*

Gabriel näherte sich dem Gebäude von der Rückseite. Schon bald stand er vor einer zwei Meter hohen weißen Mauer – der Feldweg endete hier. Niemand war ihm begegnet, und Kafkas Beschreibungen hatten sich als richtig herausgestellt.

Pulps tellergroße Flossen saugten sich an der Oberkante des Hindernisses fest und zogen den Rest des Körpers hinauf. Er sprang auf der anderen Seite runter und versank in der lockeren Erde hinter einer großen Hortensie. Auf dieser Seite des Gebäudes befand sich eine große Glasfront. Gabriel hatte das Gefühl, als würden ihn zehn Paar Augen beobachten. Er steuerte auf eine Stahltür zu. Sie war verriegelt. Er suchte nach einem anderen Weg, um einzudringen, ohne dabei in das Sichtfeld der Miliz zu geraten.

Er duckte sich und kroch unter einer Reihe tiefgezogener Fenster hindurch, hinter denen die klimatisierten Krankenzimmer lagen. Nur ein einziges war gekippt. Gabriel warf einen Blick hinein. Er sah einen Patienten, der mit Gurten ans Bett geschnallt war. Eine blaue Rose stand auf dem Nachttisch. Einen Augenblick später, fast lautlos, war Gabriel eingedrungen. Der stechende Geruch von Desinfektionsmittel schlug ihm entgegen. Er trat ans Bett.

«Gabriel?» fragte die reglose Person.

Es war ein Mann mit fiebrigen Augen. Nur das langhaarige und bärtige Haupt schaute aus der Zwangsjacke heraus.

«Der bin ich, aber ich glaube nicht, daß ich Sie kenne.»

«Du bist gekommen, um mir die frohe Botschaft zu überbringen, hab ich recht?»

«Die frohe Botschaft?»

«Daß ich endlich schwanger bin.»

«Schwanger?» Gabriel dachte nach. «Von mir aus, aber Sie sind doch ein Mann, oder?»

«Ich bin die Jungfrau Maria. Ich werde die Mama des Gottessohnes sein. Du hast dich verspätet, Gabriel. Berühr meinen Bauch. Jesus strampelt.»

Unter dem Stoff der Zwangsjacke fühlte sich der Bauch sonderbar geschwollen an. Ein Diagramm am Fußende des Bettes zeigte, wie sich die Geisteskrankheit verschlimmert hatte.

«Berühr meinen Bauch!» wiederholte der Bärtige.

«Wann ist Ihr Termin?» Gabriel versuchte Zeit zu gewinnen.

«Eigentlich am 24. oder 25. Dezember. Hundertprozentig kann man das nicht vorhersagen.»

«Glauben Sie mir, es wird genau um Mitternacht sein», prophezeite Gabriel.

«Gestern war Joseph hier. Er hat mir eine Rose geschenkt», sagte der Bärtige.

«*Die* Rose?»

«Unglaublich, dieses Blau der Blütenblätter, findest du nicht? Ich habe Joseph nicht gesagt, daß er nicht der Vater ist. Er ist zu sensibel. Eine falsche Gefühlsregung, und hopp, schon geht er in die Knie. Stell dir mal vor, wie gefährlich das ist, wenn er am Hobeln ist.»

«Ich suche Doktor Carabin», sagte Gabriel trocken.

«Um ihm zu sagen, daß er auch einen Braten in der Röhre hat?»

«Ich bezweifle, daß er schwanger ist. Wie viele Weißkittel gibt es hier überhaupt?»

«Nur Carabin.»

«Und wo finde ich den?»

«Der ist überall», sagte der Bärtige und klang besorgt.

Gabriel versicherte ihm, daß er ihn dann ja nicht verfehlen könne. Das Gesicht des haarigen Mannes nahm plötzlich den angespannten und besorgten Ausdruck an, den man bekommt, wenn man sich in einer von diesen öffentlichen

Hightech-Toiletten erleichtert. Seine Zwangsjacke verfärbte sich in der Mitte dunkel, und Pulp wußte nun, warum es hier so scharf nach Desinfektionsmittel roch.

«Gabriel?»

«Ja.»

«Oft habe ich Wehen. Wenn sie nachlassen, presse ich! Ich hätte nichts dagegen, wenn der Erlöser vorzeitig käme. Aber ich mache mir Sorgen, weil Carabin sagt, daß man mich in den Keller zu den Tieren stecken wird. Er hat gesagt, daß es eine schwierige Geburt wird – mit der Zange. Sprich, Gabriel, meinst du, daß es eine Zangengeburt wird?»

Gabriel versicherte ihm, daß er das nicht glaube, da Jesus, das wisse man, schneller ins Heu befördert würde als ein Brief mit der Post. Sie, *die Mutter*, müsse sich, falls die Geburt in diesem Jahr stattfinde, lediglich um eine schöne Krippe kümmern. Sie tauschten einen verständnisvollen Blick und verfielen in ein Schweigen, als wäre ein Engel durch den Raum geschwebt. Gabriel schloß leise die Tür und ging einen langen, aseptischen Gang hinunter.

Es war so still, als befände sich niemand hinter all diesen Türen. Am Ende des Gangs deutete ein besser beleuchteter Bereich darauf hin, daß man sich dem Schwesternzimmer näherte. Eine mollige Krankenschwester in einer weißen Bluse schnitt einen Teekuchen auf, der noch in der Aluverpackung steckte. Ihre braunen Locken schwangen von der Anstrengung hin und her. Sie schien genervt von der Sache, und Gabriel nützte das aus, um unbemerkt an ihr vorbeizukommen.

Er bog nach rechts in einen Gang ab, der vom ersten nicht zu unterscheiden war. Ein untersetzter Mann mit offensichtlichem Bluthochdruck kam aus einem der numerierten Zimmer gesprungen und brüllte Gabriel wütend an. Ob er auch so ein Scheißarzt sei? Gabriel verneinte. Der Mann, dem man fünfzig Jahre oder sechzig oder auch gar kein Alter gegeben hätte und der aussah wie ein Bauer im Sonntagsstaat, erklärte, daß er Carabin Feuer unterm Arsch machen werde und daß ihm das nicht schwerfallen würde, da er der Busenfreund eines Abgeordneten sei, und der stehe voll auf seiner Seite und so weiter. Nachdem er das Ausmaß und die Grausamkeit seiner Vergeltung ausgemalt hatte, fragte Gabriel nach dem Grund seiner Entrüstung. Der wütende Mann musterte Gabriel von unten bis oben, wurde plötzlich grau im Gesicht und befühlte mit der Hand die linke Seite seines Brustkorbs.

«Mein Herz. Das macht wie blöd.»

«Entspannen Sie sich!» Ein saudummer Rat.

«Das liegt alles an diesem Arschloch von Carabin. Er verkauft das Blut von meinem armen Léon», stöhnte der Intimus des Parlamentariers. «Autsch. Scheiße. Ich muß mich hinsetzen!»

Gabriel folgte dem Mann, der schwerfällig ins Zimmer zurückwankte und sich auf das Bett plumpsen ließ, in dem ein Junge mit blutleerem Gesicht lag, der überrascht hochschreckte. Der Intimus des Parlamentariers schnappte nach Luft. Als er sich wieder etwas stabilisiert hatte, zeigte er auf den Jungen und sagte:

«Schauen Sie sich das an! So eine Sauerei! Das hat Carabin aus ihm gemacht!»

«Was ist mit ihm los?»

Dem Mann, der jetzt wieder gleichmäßiger atmete, war die Antwort sichtlich peinlich:

«Die Affenkrankheit!»

«Was?»

«Sie wissen schon ...»

Der Mann starrte jetzt gebannt auf Pulps große Pranken.

«Die Affenkrankheit? Meinen Sie AIDS?» fing Gabriel an zu raten.

Der spindeldürre Junge drehte seinen Kopf und sah Pulp mit seinen viel zu großen Augen an, ohne zu blinzeln. Matte Spiegel eines unergründlichen Leidens.

«Der Kurpfuscher hat gelogen», sagte sein Vater in bitterem Ton. «Er hat mich davon abgehalten, ihn nach Angoulême in die Klinik zu bringen, wo sie doch da eine Station haben, wo sie die ... Affenkrankheit heilen können. Er hat mir versprochen, man würde sich hier um ihn kümmern. So eine Sauerei, sehen Sie sich mal die Venen an!»

Der Mann riß dem Jungen die Decke weg. Seine Arme lagen da wie tote Äste, um die sich schwarze, harte Venen wanden – fast so dick wie die Arme selbst.

«Carabin wollte mich gar nicht zu ihm lassen», ereiferte sich der Mann. Ich werde einen Bericht für die medizinische Akademie schreiben, und mein Abgeordneter wird mir dabei helfen. Diesem Carabin werde ich das Handwerk legen. Er hat ihm den ganzen Saft abgezapft. Jetzt stirbt er, mein Léon. Und Sie wissen noch nicht mal alles!»

Gabriel gab zu, daß er wirklich nicht alles wisse. Der Mann beugte sich zu ihm rüber und flüsterte ihm kurzatmig ins Ohr:

«Sie haben ihm sogar sein Sperma abgezapft!»

Ein Lastenaufzug stand im Erdgeschoß, aber Pulp nahm lieber die Treppen. Am Ende der Betonstufen stieß Gabriel auf eine niedrige Tür und betrat eine Halle mit hoher Decke. Auf der anderen Seite war eine verriegelte Tür. Er hämmerte dagegen. In einiger Entfernung fing eine Sirene zu heulen an, gefolgt von lautem Getrampel und wirrem Rufen. Gabriel hätte eine Eisenstange gebraucht, um die Tür aufzubrechen, aber das einzige, was es gab, waren die Röhren der Zentralheizung, die drei Meter über dem Boden verliefen. Unbrauchbar. Das vergitterte Fenster über der Tür. Er suchte nach einem Gegenstand, um ein paar Zentimeter Höhe zu gewinnen. In einem Wandschrank fand er eine Kiste, in der sich einmal zwölf Flaschen 1979er Château Margaux befunden hatten. Gabriel räumte die Reinigungsmittel aus, die darin aufbewahrt wurden, stellte die Kiste vor die Tür, stieg drauf und schob seine Nase vorsichtig höher.

Fahles Licht fiel durch ein Kellerfenster. Schnell gewöhnten sich seine Augen an das Halbdunkel. Es schien ein länglicher Raum zu sein mit Wandschränken an den Seiten. In der Mitte stand eine Art Werkbank aus dicken Marmorplatten. Ein unheimlicher Anblick. Jemand rannte die Treppe herunter, und der Lastenaufzug setzte sich mit einem klackenden Geräusch in Bewegung. Gabriel drückte sich die Nase am Gitter platt. Die Wandschränke – eher seltsame Nischen – hatten an der Außenseite schmale, vergitterte Luftlöcher. Pulp sprang von seiner Weinkiste.

15 Erstes Leid

Der Milizionär Gaëtan Grodésir fühlte sich geschmeichelt, wenn man ihn GG nannte. Er war ein Bursche aus der Gegend. Weil er für seinen Geschmack zu klein geraten war, versuchte er auf anderen Gebieten Größe zu zeigen. Mit Vollendung des achtzehnten Lebensjahrs hatte er vom Pflügen und der Plackerei für wenig Geld den Hals so voll, daß er zur Fremdenlegion ging. Da ihm zur Mindestgröße fünf Zentimeter fehlten, stellte er sich bei der Musterung auf die Zehenspitzen. Der Typ, der ihn vermaß, hatte nur noch vier Tage bis zu seiner Entlassung und war so sturzbetrunken, daß er es nicht mitkriegte. Sieben Monate später wurde der blinde Armeepassagier für zwei erniedrigende Jahre in den Bau gesteckt, danach schickte man ihn wieder nach Hause. Und das alles, weil er einen Ziegenbock namens Julius, der vom Regiment als Maskottchen gehalten wurde, in den Arsch gefickt und dabei erdrosselt hatte. Natürlich war das ein Verbrechen gegen die Natur. Aber wer könnte schon von sich behaupten, nicht das zerstören zu wollen, was er liebt? Nur, einen Veteranen (und sei es auch eine stinkende Ziege) zu ermorden, der nach dem riskanten UNO-Einsatz in Bosnien mit allem militärischen Brimborium geehrt worden war! Das ließ die ganze Legionärsmeute aufheulen und eine gerechte Strafe für den Heldenschänder fordern.

Jetzt kam er gerade die Treppe heruntergeprescht, eine 44er Magnum Anaconda in der rechten Hand und Carabin im Schlepptau. Gaëtan Grodésir, das wollen wir noch hervorheben, hatte sich bei *allen* Arten von Leibesübungen hervorgetan, womit er bei der Miliz von Sainte-Croix-des-Eaux sofort Karriere machte. An der Nüsternklemme auf seinem Sodomistenzinken sah man, daß er sich beim Laufen noch mal so richtig mit Sauerstoff volltankte. Und tatsächlich war der Mann nicht außer Atem, als er am Fuß der Treppe die Schulter gegen die Tür rammte und in den Raum vorstieß. Der Verdächtige könnte bewaffnet sein ... Der vorsichtige Carabin ging hinter der aufgestoßenen Tür in Deckung. Offensichtlich beunruhigte es ihn, daß der Milizionär auf Anhieb nichts entdecken konnte, was wie ein Eindringling aussah.

Grodésir musterte die kaputte Weinkiste und wußte sofort Bescheid: Sie war dazu benutzt worden, die Kabine des Lastenaufzugs zwischen zwei Stockwerken zu blockieren. Der Kollege, der zwischen Raum und Zeit hing, würde wohl bald die Nerven verlieren. Hatte sich der Eindringling im Aufzugsschacht versteckt oder wo? Als GG die unauffällige Tür des Putzmittelschranks entdeckte, hellte sich sein Gesicht auf. Fest umklammerte er die Waffe mit seiner feuchten Hand und schrie:

«Komm raus aus deinem Loch!»

Als keiner kam, näherte er sich der Tür.

«Gib auf, du Esel!» grunzte er stark erregt und drehte am Knauf.

«Wie sieht's aus?» fragte Carabin mit erstickter Stimme.

Grodésir riß die Tür weit auf. Im Spind war nichts, außer einem Industriestaubsauger und einem Besen.

«Is' sauber», sagte Grodésir mit einem Gesichtsausdruck, als wäre ihm gerade die Brieftasche geklaut worden.

Doch da brach der Himmel über ihm zusammen. Ein Krake hatte die Heizungsrohre losgelassen, war auf seinen Schultern gelandet und hatte sich an seinem Rumpf und den oberen Gliedmaßen festgesaugt. Aber das schlimmste war, daß ihm dieses grauenhafte Ding auf die Ohren hämmerte. Die Hinterhältigkeit der Attacke widerte Gaëtan Grodésir an. Er versuchte, seine Kanone so schräg wie möglich zu halten, und zielte auf Pulps Kopf. Ein Stück Zement brach aus der Wand, und der ganze Raum füllte sich mit beißendem Staub. In weiter Ferne hörte man jemanden im Lastenaufzug trommeln und wüste Beschimpfungen gegen den Service der Firma Otis ausstoßen. Auch Grodésir fluchte, aber es fiel ihm schwer, da Gabriel ihm den Hals abdrückte. Der Ziegenbock Julius kam ihm in den Sinn, und er verlor das Bewußtsein. Er fragte sich noch, ob das Meeresungeheuer, das auf ihm saß, seine Ohnmacht ausnutzen und ihn …

Gabriel machte die Stahltür zu und stand einem kleinen Mann mit einem verschmitzten Gesicht gegenüber. Er trug einen weißen, viel zu weiten Kittel, an seiner Trichterbrust baumelte ein Stethoskop, und graues Haar wuchs ihm büschelweise aus Nase und Ohren. Die Sirene hatte wieder zu heulen angefangen, wurde aber bald von einer anderen übertönt, die noch durchdringender war und immer näher kam.

«Sieh mal einer an, der Fremde!» rief der Schlauberger.

«Carabin?» fragte Gabriel.

«Doktor Carabin!»

«Methoden wie ein Nazi-Arzt und bildet sich auch noch was darauf ein!»

«Was wissen Sie schon von der Wissenschaft und ihren ehrgeizigen Zielen, Sie armseliger Stümper!»

Carabin hatte seine kleinen Fäuste in den Kitteltaschen geballt. Seine Augen funkelten böse. Die Sirene verstummte. Plötzlich zog Carabin ein Skalpell heraus und stach damit nach Pulp, der aber schnell genug den Bauch einzog. Das Messer blieb wippend in seinem Ledergürtel stecken. Gabriel trat einen Schritt vor. Carabin bekam einen Schlag auf die Fresse, der es in sich hatte, und kippte um. Gabriel erleichterte ihn um Brieftasche und Uhr. Dann sprang er, immer mehrere Stufen auf einmal nehmend, die Treppe hoch, galoppierte den Gang hinunter und rannte die dralle Krankenschwester um, die den Schokoriegel, von dem sie abbeißen wollte, vor Schreck ganz hinunterschluckte. Gabriel riß die nächstgelegene Tür auf und warf einen Glatzkopf mit verbundener Stirn über den Haufen, der sich gerade in Unterhosen zur Toilette schleppte. Der Unglücksrabe schrie:

«Pulp, das darf doch nicht wahr sein!»

«Tut mir leid, Vergeat.»

Gabriel stieß das große Fenster auf und sprang hinaus, während auf der anderen Seite des Gebäudes die Milizionäre aus ihrem Wagen kletterten und ausschwärmten.

Auf Carabins Uhr war es zwanzig vor zwölf, als Gabriel den Wald hinter sich ließ und an der Kreuzung der Landstraße und des Wegs zum Schloß auf Pedro stieß. Pedro hatte sein Auto in den Schatten eines Baumes gestellt. Er pflückte Schlüsselblumen und sagte:

«Die sind für meine neue Freundin. Ich hab alles, was du bestellt hast, aber ich hab's aus Korsika kommen lassen müssen. Und ich hab noch was Besonderes dazugetan. Was Neues. Probier's aus, und sag mir, was du davon hältst. Ist natürlich umsonst.»

Gabriel zeigte ihm die Scheine, die er Carabin abgenommen hatte (eine Summe, die problemlos die Spesen eines EU-Abgeordneten auf dreimonatiger Freß- und Sauftour gedeckt hätte).

«Bißchen mehr, als du verlangt hast – wegen der Unannehmlichkeiten.»

Pedro, der immer noch Blumen pflückte, sagte, ohne aufzusehen:

«Ich hab auch noch 'ne Nachricht von Cheryl. Weißt du, Gabriel, du bist doch nicht ganz dicht! Das Mädchen macht sich schreckliche Sorgen. Sie wird langsam wütend auf dich, und sie hat völlig recht. Wenn du dich innerhalb der nächsten zwei Tage nicht bei ihr meldest, kannst du deinen Schlafanzug im Treppenhaus suchen gehen.»

«Ich schlafe nackt», wandte Gabriel ein.

«Eine Redensart. Außerdem will sie wissen, was deine Diät macht und wieviel du abgenommen hast. Das ist alles, Gabriel, ich hoffe, ich hab nichts vergessen.»

Pedro klopfte Gabriel auf die Schulter und legte die Schlüsselblumen aufs Armaturenbrett. Dann spuckte er auf den Boden und sagte, daß Saint-Croix-des-Eaux ein komischer Ort sei. Gabriel stimmte ihm zu, ja, wirklich ein komischer Ort. Er schnappte sich die schwere Reisetasche mit den Waffen und verschwand wieder im Wald. Cheryl drohte also, mit ihm Schluß zu machen. Sei's drum! Sein Körper und seine Gedanken waren von Milenas Nähe derart überdreht, daß ihm der Gemütszustand seiner geliebten Friseurin total am Arsch vorbeiging.

Gabriel sperrte die Tür auf – man hatte ihm einen Schlüssel anvertraut. Drinnen war kein Ton zu hören. Was die Bewohner wohl gerade machten? Er stieg in seine Kammer auf dem Dachboden und packte die Sporttasche aus. Sie enthielt eine Galil Destructor, ein israelisches Gewehr, das sich auch bei großen Entfernungen durch hohe Durchschlagskraft auszeichnete, und eine Pistole, eine österreichische Glock. Pedro hatte auch an die Taschenlampe gedacht – sehr gut! Neugierig wickelte Gabriel das mysteriöse Paket aus, das Pedro erwähnt hatte. Es war ein Kistchen mit drei geriffelten Kugeln, die in Schaumstoff eingebettet waren. Obendrauf lag eine Bedienungsanleitung in englischer Sprache. Gabriel las sie durch und erfuhr, daß es sich bei den Kugeln um Blendgranaten eines amerikanischen Herstellers handelte – entwickelt vom ARDEC (Armament Research, Development and Engineering Center). Sie gehörten zur neuen Gattung sogenannter nicht-letaler, das heißt nicht unbedingt tödlicher Waffen. Gabriel nahm die Granaten aus der Verpackung und betrachtete sie eingehend, während er noch einmal den Packzettel durchlas. Danach hantierte er so lange mit Pistole und Gewehr, bis er mit beiden vertraut war. Dann legte er sich auf die Matratze und träumte von Milena und Cheryl. Die untergehende Sonne tünchte die Innenwände mit frischem Blut. Gabriel setzte sich auf, der Hals war ihm zugeschnürt. Er hatte eine grauenhafte Befürchtung.

Er kletterte die verschimmelte Leiter hinunter, durchmaß den elend langen, feuchten Gang und spürte einen Druck auf der Blase. Als das Wohnzimmer in Sicht kam, schlug sein Herz so laut wie der Gong in einem buddhistischen Kloster. Unwillkürlich ging er langsam, die Beine verweigerten ihm den Dienst. Knisternde Stille lag in der Luft. Nein, das war keine Stille. Gabriel überwand sich und ging weiter.

Und dann sah er **DAS** im Sessel ...

Draußen, hinter den dicken Leinenvorhängen, ging über der Chinesischen Mauer der große rote Stern unter, und hier drinnen war alles in blutrotes Dämmerlicht getaucht. Da stand er nun, er, der dachte, daß er schon alles gesehen hätte, was unter Menschen möglich war! Entsetzliche Töne! Weder Augen noch Ohren konnten das glauben. Widerwärtige Sauggeräusche. Das Wort, das dem Anarchisten Lecouvreur zu dem Schauspiel einfiel, war «anstößig».

Und SIE sah ihn an, während sie ES tat, mit

ihren riesengroßen, klaren Mandelaugen wie eine VENEZIANISCHE MADONNA: schön, zart, voll erhabener Unschuld; und unverhohlener Ironie. Das honigfarbene Haar umfloß sie wie ein Heiligenschein. Ihr Kleid war abgestreift und ließ allzu strahlende Früchte auf einem zierlichen Körper sehen: Brüste mit dunklen Warzen und spitzen Nippeln.

Und ER, Kafka, der nörgelnde Alte, war nur mit seinen ausgelatschten Filzpantoffeln bekleidet und schmiegte sich nackt wie ein fetter Regenwurm an die schönen, schlanken Beine von Milena. Mit seiner spärlichen grauen Behaarung! Mit seinem tropfenden Penis, der an eine verfaulte Maus erinnerte! Und mit der Gier eines Säuglings saugte er an einer von Milenas Brüsten.

«Ich werd's dir erklären», murmelte Milena.

«Erklären! Wie willst du das erklären? Ich fahre zurück nach Paris!»

Zärtlich, aber bestimmt schob Milena den Kopf des Alten weg, drehte sich zur Seite und bot seinem gierigen Maul die andere Brustwarze, die er sofort schnappte und dabei überglücklich grunzte. Gabriel schaffte es kaum, sich loszureißen, aber dann ergriff er doch die Flucht.

16 Auf der Galerie

Trinken. Gabriel holte seinen Vorrat Bier aus dem Kühlschrank, steckte die Dosen in seine Hosentaschen, ins Hemd, klemmte auch noch welche unter den Arm und trug sie in seine Kammer. Auf den Etiketten standen so wohlklingende Namen wie Rocky Cellar, Pîntigam, Starobrano ...

Noch als er die erste Dose ausgetrunken hatte, zitterte er. Mit den Zähnen machte er eine Krone auf, dieses helle Wiener Bier – ein Hochgenuß für alle Bierliebhaber.

Später sahen die Tauben, die durch die Dachluke glotzten, einen beschwipsten Mann, der mit schlaffen Tentakeln quer auf seiner Matratze lag und immer noch zitterte. Es kam von den Nerven – eine physische Reaktion auf das Gift der Bilder. Selbst die fermentierte und mit Hopfenblüten aromatisierte Gerste der ganzen Welt hätte daran nichts ändern können.

Gabriel hörte sie kommen.

Wie lächerlich! Sicher hatte sie diesen kleinen Greis auf dem Arm, nackt wie ein Regenwurm. Sie würde ihn ihm auf den Bauch legen, ihm, der sich nicht mehr bewegen, sondern nur noch zittern und rülpsen konnte! Sie würde einen Schritt zurücktreten, damit sie das Schauspiel im Licht der Dachluke besser verfolgen konnte: ein Fossil, das mit Pulps Organen spielte, der betrunken und wehrlos zwischen den leeren Bierdosen lag.

Die Tür öffnete sich. Milena kam allein, ihre Kleidung hatte sie wieder in Ordnung gebracht. Sie war voller Würde und immer noch genauso schön. Was für eine Farce! Sie lief unter dem Gebälk auf und ab. Sie sah bekümmert aus. Als sie sich abrupt umdrehte, schlug sie mit der Stirn gegen einen Deckenbalken. Gabriel wieherte vor Schadenfreude, wurde sich dann aber schlagartig bewußt, daß dieser wütende Mund zu einer außergewöhnlichen Liebe fähig war.

«Du siehst aus, als wär dir schlecht, Gabriel! Hör mir zu, denn was ich dir jetzt erzähle, wird dich wahrscheinlich auch zum Lachen bringen.»

«Ich verlange nicht das ganze Wieso und Weshalb», fing Gabriel an. «Aber gib zu, daß, wenn ich den Vorfall deute ...»

Sie warf ihm einen wütenden Blick zu und sprach:

«Ich habe elf Söhne ...

Mein elfter Sohn ist zart, wohl der schwächste unter meinen Söhnen; aber täuschend in seiner Schwäche; er kann nämlich zu Zeiten kräftig und bestimmt sein, doch ist allerdings selbst dann die Schwäche irgendwie grundlegend. Es ist aber keine beschämende Schwäche, sondern etwas, das nur auf diesem unsern Erdboden als Schwäche erscheint. Ist nicht zum Beispiel auch Flugbereitschaft Schwäche, da sie doch Schwanken und Unbestimmtheit und Flattern ist? Etwas derartiges zeigt mein Sohn. Die Mutter freuen solche Eigenschaften nicht, sie gehen ja offenbar auf Zerstörung der Familie aus.»

«Franz Kafka, was? Milena, was willst du mir sagen?»

Also gab die Frau zu, daß sie zwei Kinder hatte. Eine Tochter, geboren 1920, ihr ganzer Stolz, das geliebte Kind, das sich geflissentlich an die Gebräuche ihrer Art gehalten hatte. Das andere Kind ...

«Also», unterbrach sie Pulp, bei dem der Alkohol erst jetzt seine volle Wirkung entfaltete. «Das andere ist sicher bei seiner Amme.»

«Das andere ist Kafka», fuhr Milena fort. «Er wurde 1981 geboren.» Und Milena erklärte Gabriel, daß Kafka niemals entwöhnt worden war. Er ernährte sich ausschließlich von Milch, wie einige Heißblüter, und verschlang ansonsten noch eine Menge Bier, was bei ihm psychotische Wirkungen zeigte. Beides seien schlimme Angewohnheiten, die ihren Kafka vorzeitig altern ließen und seinen frühen Tod bedeuteten. Das Ergebnis konnte man sehen. Kafka sah viel älter aus, als er in Wirklichkeit war, selbst im Vergleich mit gleichaltrigen Heißblütern. Und dabei war er immer ein zierlicher Junge geblieben, der nach mütterlicher Zuwendung und Zärtlichkeit verlangte.

In diesem Moment konnte Gabriel sein Lachen nicht mehr unterdrücken. Es war ein automatischer Reflex auf die unglaubliche Geschichte. Er versuchte den Alkoholschleier zu zerreißen, indem er ironisierte:

«Die Kleinen liegen also nur einundsechzig Jahre auseinander. Hätte auch schlimmer kommen können!»

Milena verpaßte ihm eine Ohrfeige. Gabriel, mit feuerroter Backe, besiegte den Impuls, ihr eine zurückzuscheuern. Sie starrten sich feindselig an. In Milenas Augen, mitten in der enormen Ansammlung von Wasser, trieb eine schwarze Flosse. Dann tauchte das Tier in die Tiefe ab. Milenas Lippen öffneten sich. Gabriel sah, wie ihre gefeilten Eckzähne glänzten.

«Mein Körper ist aufs höchste erregt.»

Pulp berührte sie im Gesicht und am Hals – sie glühte wie Eis. Ihre Haut verströmte einen Geruch von Lindenblüten und schwarzer Erde. Er zog die Hundertjährige zu sich aufs Bett und streifte ihr das Kleid über den Kopf. Seine Fangarme betasteten ihren Körper. Plötzlich hörte er ein Geräusch, ließ von ihr ab und stand auf, um nachzusehen. Kafka stand unten an der Leiter und heulte. Als er Gabriel erblickte, zog er sich zurück.

Gabriels Lippen bedeckten Milenas Körper, verweilten in ihren Achselhöhlen, Kniekehlen und zwischen ihren Beinen. Seine Zunge erkundete einen fremden Stern. Sie stieß auf Senken, Mulden und feuchte Tiefseegräben. Trotz heftigen Widerwillens bewegten sich seine Lippen auf ihre Brüste zu. Gabriel vermied den Anblick ihres Mundes, der sich langsam öffnete.

«Preß deinen Mund auf meinen, damit wir eins werden!» forderte eine unbekannte Stimme.

Gabriel richtete die Augen auf dieses Wunder und blickte in schmale, weiße, unergründliche Augen, einen aufgerissenen Mund und auf eine Reihe spitzer Zähne, von denen nur die Eckzähne abgeflacht waren. Ihr Rachen war schwarz wie der von bestimmten Hunderassen. Aus ihrem Kehlkopf drang ein dumpfes Knurren. Milenas Lippen bebten. Aber Pulp war tapfer und zudem blau wie der Himmel im Januar. Schaudernd preßte er seine Schleimhäute auf diese Finsternis, auf diesen Atem von Nelken und Koriander. Es kam ihm vor, als würden ihre Haare ein eigenes Leben führen. In den hellen Mandelaugen war die Flosse wieder aufgetaucht und zog ihre düsteren Kreise. Der Mund dieser Kreatur saugte sich an Gabriel fest und nahm ihm alle Lust auf Rückzug. Unser erstickender Held wurde von einer barocken Schwärmerei überwältigt und befürchtete, an Sauerstoffmangel und einer Überdosis Gewürz zu sterben. Ihm wurde schwarz vor Augen. Er hörte die Glocken läuten und dann nicht mehr. Vielleicht waren sie nach Rom geflogen, vielleicht übertönte sie sein Atem. Die Frau wand sich unter seinen Liebkosungen. Er sah, wie ihr Tränen über die Wangen liefen.

«Beinahe hätte ich dich ...», seufzte sie.

Aber sie sprach den Satz nicht zu Ende, sondern bedeckte seinen Körper mit saugenden Küssen und kleinen schmerzhaften Bissen. Pulps fünfter Arm wurde gierig. Die Gespenster verschwanden in der Finsternis und verschmolzen mit ihr. Milena flüsterte ihm unverständliche Geheimnisse ins Ohr, und ihn überkam eine unbeherrschbare Lust. Da er, wie wir wissen, in der Stimmung war, drang er in den Körper dieser Frau ein. Es war eine sehr alte Zeremonie. Nichts mehr, was fremd war.

Im ersten Dämmerlicht war Gabriel schon auf den Beinen. Er erreichte die Gerberei des Bürgermeisters, vor der ein Schild mit großen Lettern stand. Ein Buchstabe fehlte.

Schloßgerberei
Lederwarenfabrikation
Kleiderverkauf (Leder und Pelz)
Saffianprodukte
Weiterverarbeitende Gerberei
Lämmer Ziegen Kälb r Kühe

Am fernen Ostrand des Städtchens leuchteten rosa die Schieferdächer. Bald würde die Sonne aufgehen. Gabriel brach das Tor auf. Er hatte ungefähr eine Stunde Zeit. Der geräumige Schuppen schien seit Anfang des Jahrhunderts unverändert. In den Boden waren einige Becken eingelassen, in denen Häute gelaugt wurden. Aus der Broschüre, die José ihm mitgegeben hatte, wußte Gabriel, daß die Tauchbäder aus Alaun bestanden, einer Lösung aus Chromsalz und Aluminium, die im Lauf der Zeit Gerbsubstanzen wie Lohe, Sumach, Kastanienborke und argentinische Quebrachorinde verdrängt hatte. Der Geruch, der von den Chemikalien aufstieg, war streng und übelriechend. Gabriel hielt sich die Nase zu. Die Pistole im Anschlag, ging er zwischen den Becken hindurch. Er wußte nicht, wonach er suchte, nicht einmal, ob er überhaupt nach etwas suchte. Er wollte nur soviel wie möglich herausfinden, bevor er in das Rattennest stach. Jetzt stieg die Sonne hinter den vom Schmutz getönten Scheiben hoch und warf einen Vorhang aus Staub und Dämpfen über die fleckigen, mit Grünspan übersäten Ränder der Bottiche. Auf halber Höhe befand sich eine Galerie, die man über eine Holztreppe erreichen konnte. Gabriel stieg hinauf. An der ersten Tür hing ein blaues Emailschild. Er brach das Schloß auf. Einrichtung und Schreibmaschine stammten aus den vierziger Jahren. Gabriel sah sich gründlich um: Schriftverkehr mit Zulieferern und Kunden, Lohnabrechnungen. Nichts Ungewöhnliches. Eine Schublade enthielt Schlüssel, auf denen SG stand. Schloßgerberei? Er verließ den Raum, zog die Tür hinter sich zu und brach die nächste auf, die sich erheblich schwieriger knacken ließ. Er betrat einen dunklen Raum, der nach neuem Leder und Möbelpolitur roch, und machte Licht. Er befand sich in einem Ausstellungsraum, einem Showroom von beträchtlichen Ausmaßen. Plötzlich glaubte er, unten ein Geräusch zu hören. Einbildung? Der Wind? Er sah nach, bemerkte nichts, lehnte die Tür an und löschte das Licht. Schritte. Er preßte sich an die Wand und linste durch den Türspalt, aber die Galerie verdeckte ihm teilweise die Sicht aufs Erdgeschoß. Es waren eindeutig Schritte, die er hören konnte. Vorsichtige Schritte. Langsam gewöhnten sich seine Augen an das bläuliche Dämmerlicht. Die Schritte verstummten. Er hörte nur noch seinen eigenen, ruhigen Atem. Ledertaschen glänzten in der Amerikanischen Nacht. Da waren die Schritte wieder. Die Häute hingen bis auf den Boden herab. Jemand kam die Treppe hoch, zögerte. Gabriel entsicherte die Glock. Eine Krokodilshaut war zwischen zwei Metallbügeln aufgespannt. Die Holzstufen knarrten. Das war kein Krokodil. Soweit das Zwielicht es zuließ, erkannte Gabriel, daß das Tier keinen spitzen Kopf hatte. Der Kopf war gedrungen, und man hatte die Zähne dringelassen. Zwei Eckzähne, elfenbeinweiß. Die Schritte waren jetzt auf der Galerie und kamen näher. Gabriel schlich sich auf Zehenspitzen zu der aufgespannten Haut. Seine Augen brannten, und sein Herz hämmerte. Er streckte die Hand aus. Es war Felice.

In Gabriels Körper schrien die Eingeweide. Felice, mit Chrom und Aluminium präpariert. Felices Hülle wie das Schnittmuster für ein Kleid. Er *berührte* sie, und ihm wurde schwarz vor Augen. Die Tür öffnete sich einen Spalt, und ein

Luftzug bewegte sanft die aufgespannte Haut der Kafka-Frau. Gabriel Lecouvreur streichelte Felices unbeschreiblich zarte Haut. Dann drehte er sich abrupt um. Der Eindringling hatte das Feuer eröffnet.

17 Die Verwandlung

Im Lärm der Schüsse ließ sich Gabriel nach vorn fallen. Eine Salve aus sechs Geschossen fegte über ihn hinweg. Die meisten Kugeln verfehlten ihn, aber eine riß ihm die Haut von der linken Schläfe. Er spürte nichts – außer daß er taub war und die Glock noch immer in der Hand hielt. Er lag auf dem Rücken und knirschte mit den Zähnen. Schweiß, Blut und Tränen, seine Augen waren nicht zu gebrauchen. Und psychisch war er sowieso am Ende: Kummer, Streß, Versagen des Kurzzeitgedächtnisses.

Er rollte ein wenig den Kopf. Zehn Meter entfernt lud jemand nach und fluchte fürchterlich, weil ihm die Kugeln zu Boden fielen. Langsam richtete Gabriel die Pistole auf diesen Lärm. Wir können an dieser Stelle ruhig einmal zugeben, daß Pulp nicht so genau wußte, was er tat. Aber wie auch immer, als auf dem roten Bildschirm seiner Netzhaut das Monster mit der Knarre auftauchte, drückte er ab. In seiner Hand hustete die leichte österreichische Waffe. Zunächst kam das Monster noch langsam näher. Erst fluchte es noch, dann fing es an, zu schreien, herzzerreißend. Was in Wirklichkeit zerriß, war das Knie von Gaëtan Grodésir. Die Kniescheibe barst in hundert Teile, die Wunde klaffte, und die Arteria femoralis pißte ihren roten Saft in einer Fontäne über den Boden. Gabriel wischte sich die Augen trocken. Türen schlugen. Ein starker, schwefelhaltiger Luftzug wehte durch die Gerberei. Auf den Spannbügeln fingen Rinderhäute, Schafleder, Pergament – die traurigen Hülsen verloschenen Lebens – wie die Verrückten zu tanzen an. Felice schien das nicht im geringsten zu interessieren.

Auf einer anderen Ebene hörte Gabriel jene symphonische Dichtung von Saint-Saëns in der Interpretation von Toscanini, kratzend und ironisch. Er beugte sich über Grodésir. Julius' Stecher war aschfahl im Gesicht und kurz davor abzutreten. Sein gesundes Bein zuckte. *Totentanz.* Gabriel riß einen seiner Hemdsärmel in Streifen und band ihm das Bein oberhalb des beschädigten Gelenks ab. Der Mann blinzelte schwach. Auf der belastungsfähigen Uhr von Carabin war es sieben Uhr vierundvierzig. Gabriel hatte alles gesehen, was es zu sehen gab. Er rollte Felice auf, klemmte sie unter den Arm und verließ das Gebäude.

In der Strafkolonie herrschte für diese Tageszeit außergewöhnlich große Geschäftigkeit. Die Sonne hatte den Tau, der nachts aus dem Fluß kroch, getrocknet. Ein gepanzertes Kettenfahrzeug bewegte sich rasselnd auf die Lücke in der Mauer zu und räumte Trümmer aus dem Weg. Verzweiflung hallte durch die Luft. Gabriel trat durch die zerstörte Tür von Milenas Haus. Mit der Glock in der Hand inspizierte er die Gänge, die Küche und das Wohnzimmer. Alles war durchwühlt. Die Möbel waren zertrümmert, die

Sessel umgeschmissen und aufgeschlitzt. Es sah aus wie auf einer Müllkippe. Mit der linken Hand richtete Gabriel einen Sessel auf und ließ Felice hineinfallen, die sich sofort aufrollte. Mit weißen Knöcheln, den Griff fest um die Pistole geschlossen, stieg er in die Dachkammer hoch. Seine Matratze war mit Pisse vollgesaugt. Er drehte sie um und fand darunter Gewehr und Blendgranaten – unangetastet. Er blieb einen Moment ratlos stehen und war nur froh, daß er die Waffen gefunden hatte. Plötzlich hörte er ein Wimmern und folgte ihm bis ins Erdgeschoß, wo er schließlich im Boden neben der Toilette eine fast unsichtbare Falltür bemerkte. Er ließ sie nach unten klappen. Klagerufe drangen aus der Dunkelheit. Gabriel lief wieder auf den Dachboden, um eine Taschenlampe zu holen. Dann ließ er sich, die Glock voran, eine fast senkrechte Leiter hinunterrutschen.

Der Boden des Kellers bestand aus gestampftem Lehm. In der Mitte stand auf zwei Böcken ein offener Sarg. Das war es nicht eigentlich, was Gabriel überraschte, sondern eher, daß Kafka wie ein Nachtfalter aufgespießt war und zappelnd an der Seite der Totenkiste hing, weil er mit den Füßen nicht bis auf den Boden kam.

«Sind im Panzer gekommen», röchelte der Gemarterte.

Gabriel kam langsam näher. Er hatte Angst, Milenas toten Körper zu finden, aber der mit purpurnem Samt ausgeschlagene Sarg war leer.

«Wo ist deine Mutter?»

«Haben sie mitten im Schlaf erwischt. Und mitgenommen.»

Kafka hing an einem dicken Bolzen, der ihn in Höhe des Herzens durchbohrte und tief im Eichenholz steckte. Gabriel spürte, wie sich ihm der Magen zusammenkrampfte.

«Ich werd mir einen Schraubenzieher besorgen und dich losmachen», sagte er.

«Die Mühe kannst du dir sparen. Die sind zu blöd, die Milizionäre. Die haben das Herz nur gestreift. Wenn du das Eisen rausziehst, kratze ich wegen dem Unterdruck sofort ab. Mir wäre lieber ...»

«Was soll ich dann tun?»

«Hol mir 'n Bier! Genauso gut wie Muttermilch. Davon kann ich nie genug kriegen.»

Gabriel ging in die verwüstete Küche und kam mit zwei Dosen Bier zurück.

«Diplomat», erklärte Gabriel.

«Dunkel, stark und würzig!» begeisterte sich der Sterbende und trank einen großen Schluck.

«Weißt du, wo sie sie hingebracht haben?» fragte Gabriel.

Kafka schüttelte den Kopf.

«Nein, aber ich weiß, was sie Mama antun werden. Man muß zugeben, daß wir jahrhundertelang wie die Parasiten gelebt haben. Aber selbst wenn wir versuchen, uns anzupassen, unser schlechter Ruf eilt uns immer voraus. Man wird uns ausrotten, das steht fest.»

Gabriel dachte an Felice, die aufgerollt auf dem Sessel lag. Jetzt schäumte braune Flüssigkeit aus dem Körper des alten Parasiten, da, wo ihm der Bolzen im Leib steckte.

«Ich werde Milena finden», schwor Gabriel.

«Ja, das wirst du! Siehst du, wie es läuft?»

sagte der Alte fasziniert, indem er mit spitzem Fingernagel auf das Bier zeigte, das aus seinem Körper tropfte.

«Und dann werde ich dieser Kolonie von Milizionären und korrupten Stadtvätern den Garaus machen. Ehrenwort von Pulp!»

Gabriel ergriff den Sargdeckel und lehnte ihn so gegen die Bretter, daß Kafka sich mit den Füßen darauf abstützen konnte.

«Das schafft wahnsinnig viel Erleichterung», sagte der Alte anerkennend. «Hörst du nichts?»

Gabriel lauschte. Ein Rumpeln, das stärker wurde.

«Klingt wie die Métro.»

«Seit wann fährt die Métro auf Ketten?»

«Scheiße. Die kommen wegen mir. Jetzt werde ich mit diesen Schweinen abrechnen», brüllte Gabriel.

«Auf daß das Blut in Strömen fließe! Bravo! Gib mir das andere Bier!»

Die Haustür ging. Gabriels Kopf tauchte aus dem Boden. Vielleicht könnte er den einen oder anderen noch ins Jenseits befördern, bevor es ihn selbst erwischte – vielleicht auch alle. Keine Zeit mehr, das israelische Gewehr zu holen, zu schade! Er richtete die Glock auf die Silhouette, die mit großen Schritten durch die kaputte Tür kam. Es war Milena. Draußen quietschten Ketten über den Asphalt. Das Panzerfahrzeug fuhr davon.

«Wo kommst du her?» fragte Gabriel tonlos.

Ohne ihm zu antworten oder ihn anzusehen, ging Milena ins Wohnzimmer. Gabriel kroch aus dem Kellerloch und folgte ihr. Milena hatte ihre Tochter über sich gelegt und weinte leise.

«Ich habe noch eine Stunde», teilte sie ihm mit.

Sie sah ihn an, wie ihn noch nie eine Frau angesehen hatte. Grausame, traurige Prinzessin.

«Eine Stunde?» fragte Gabriel.

«Dann werden die ersten Folgen sichtbar. Sie haben mir das AIDS-Virus injiziert. Bei uns wirkt HIV blitzartig. Sie machen schon länger Versuche mit uns.»

«Was? Wer? Der Arzt in der Klinik? Dieser Carabin?»

Sie lächelte gequält.

«Ja. Weißt du, warum man uns Kafkas nennt?»

«Nein. Verrate es mir!»

«Als ich mit meinem Sohn schwanger war – damals war alles noch nicht so schlimm wie jetzt – konnte ich nirgendwo eine Wohnung finden. In der Klinik wollte man mich auch nicht ... Wie sich die Zeiten ändern ... Also bin ich ins Rathaus gegangen, um mit diesem haßerfüllten Mann mit dem spitzen Schädel zu sprechen. Ich habe auf meinen Bauch gezeigt und gesagt: ‹Wenn es nirgends einen Platz für mich gibt, werde ich Kafka auf eure Gräber schmieren!›»

«Was ist dann passiert?»

«Er hat gesagt, daß die Kanaken alle wieder in ihre Heimat zurückmüßten. Darauf hab ich ihm geantwortet, daß er uns schließlich geholt hat, um uns in den Gerbereien für sich schuften zu lassen. Er hat darauf nur gemeint, daß zuwenig Arbeit da sei und daß wir den Bewohnern von Sainte-Croix-des-Eaux das Blut aussaugen würden. Dann hat er mich von einem Milizionär rauswerfen lassen.»

«Wo ist Kafka dann zur Welt gekommen?»

«Felice hat diese Ruine hier gefunden, die keiner mehr wollte, und sie zusammen mit Freunden bewohnbar gemacht. Damals haben wir hier wie in einer Dorfgemeinschaft zusammengelebt. Aber den Namen Kafka sind wir nicht mehr losgeworden. José hat uns verlassen, um in der Stadt ein Leben als Heißblüter zu führen.»

Die Gesichtszüge Milenas hatten sich verändert.

«Hast du sehr darunter gelitten, als er dich verlassen hat?»

«Nein. Aber ich werde auf einmal so müde.» Milena wickelte sich fester in die Haut ihrer Tochter.

War es eine Folge des Gesprächs? Gabriel konnte zusehen, wie Milena schrumpfte. Die jugendliche Schönheit schwand aus ihren Zügen. Pulp kam es vor, als würde er mit ansehen, wie seine Geliebte austrocknete.

«Ich hätte es nie für möglich gehalten, aber ich liebe dich mehr als alles in der Welt», sprach sie mit brüchiger Stimme weiter. «Hast du das gewußt?»

«Mir geht es genauso», versicherte ihr Gabriel. Er nahm die alte Frau in seine Arme.

«Es gibt noch so viel, was ich dir erzählen muß. Ich sehe sicher schrecklich aus. Wie alt schätzt du mich?»

«Sechzig», log Gabriel. «Und du bist schön wie immer.»

Er streichelte ihr über die alte, ledrige Haut. Dann hob er ihren immer weiter schrumpfenden Körper in die Höhe. Ihre Eckzähne kitzelten schelmisch seinen Hals. Er hielt Milena an sein Ohr.

«Wirst du dich an mich erinnern?»

Mit sanfter Stimme antwortete er diesem komischen kleinen Ohr, das sich immer mehr mit Flaum bedeckte. Dann hielt er ihr sein Ohr hin. Aber das, worüber Milena und Gabriel an diesem Tag redeten, wird nie jemand erfahren.

18 Das Urteil

Gabriel war außer sich. Um zwanzig Uhr zerriß er den anderen Ärmel seines Hemds und machte sich ein Stirnband, auf das er mit dem Blut aus der Wunde an seiner Schläfe «KAFKA» schrieb. In der Erde des Kellerbodens hatte er Kafka begraben. Der Tote hatte zufrieden gelächelt – ein Umstand, an dem das Diplomat-Bier wohl einigen Anteil gehabt haben dürfte. Milena war noch weiter geschrumpft. Gabriel befreite sie aus ihren mittlerweile viel zu großen Kleidern, in denen sie zu ersticken drohte, und stellte dabei fest, daß sich ihr gesamter Körper mit Flaum überzogen hatte.

Um Viertel nach acht stand Gabriel auf der Chinesischen Mauer, Gewehr bei Fuß, mit nacktem Oberkörper, die Flossen an den Mund gelegt, und schrie einer Milizpatrouille Beleidigungen hinterher. Die Worte, die dabei fielen, wiederzugeben wäre geschmacklos und könnte außerdem den Verleger in Schwierigkeiten bringen, der diese Chronik der anstößigen Abenteuer unseres Gentleman-Anarchisten herauszugeben bereit ist. Man müßte mit dem Schlimmsten rechnen, denn Milizionäre genießen Sympathien in Stadt und Land. Begnügen wir uns also mit dem Hinweis, daß Gabriel Sitten und Gebräuche der Soldaten unflätig attackierte und darüber hinaus große Bedenken äußerte bezüglich der Fortpflanzungsfähigkeit der jungen Männer.

Es geschah Folgendes: Der Streifenwagen hielt an. Einer der beiden Insassen sprach ins Funkgerät, während der andere die Ellbogen auf das heiße Wagenblech stützte, sein Fernglas auf das Großmaul richtete und das Bild scharfzustellen versuchte. Die tiefstehende Sonne vereitelte seine optischen Bemühungen. Menschen erschienen in den Fenstern. Die Nachricht lief wie ein Buschfeuer durch die Siedlung. Rumänische Heißblüter, aber auch andere Einwohner von Sainte-Croix-des-Eaux strömten vom Ortskern auf die Chinesische Mauer zu. Auf der Seite, wo die Kafkas lebten, setzten einige Frühaufsteher gähnend ihre schwarzen Sonnenbrillen auf und äußerten ihre Verwunderung über das Geschehen.

Der Funker mußte wohl eindeutige Anweisungen erhalten haben, denn er hatte sich mit einem Gewehr, einer Pumpgun Kaliber 12/76, bewaffnet und war dabei, sie eilends mit fünf Slugger-Patronen zu laden.

«Los geht's! Hau weg die Scheiße!» forderte ihn sein Kollege trocken auf.

Der Schütze legte an und eröffnete das Feuer. Sein Salut machte zwar viel Qualm, aber auf die große Entfernung zerstreuten sich die Bleigeschosse in alle Richtungen. Er hatte einfach nicht die richtige Waffe dabei. Gabriel betätigte den Abzug der Galil. Die Kugel zertrümmerte das Schlüsselbein des Pumpgun-Schützen. Er fing an, wie ein Derwisch im Kreis herumzuwirbeln. Die rumänischen Heißblüter ließen verhaltenen Beifall hören. Sirenen kamen näher. Der unverletzte Milizionär hatte sich hinter dem Streifenwagen verschanzt und betrachtete seinen unglückseligen Mitstreiter. Er schnappte sich eine Maschinenpistole, eine israelische Uzi, und prüfte das Magazin. Dann sprang er blitzartig aus der Deckung hervor und feuerte wie ein Wahnsinniger kurze, wütende Salven auf den Arschficker auf der Mauer. Angesichts der Entfernung war das eine ziemlich bescheuerte Idee. Für Gabriel hingegen war die Entfernung gut. Der zweite Milizionär bekam den Oberschenkelhals gestanzt und kam erst wieder im Krankenhaus von Angoulême zu sich – vier Tage später, mit belegter Zunge und Komplikationen.

Der Mob hatte sich zum Schutz in die Straßen zurückgezogen, drängte sich in Ecken und hinter Gebäudevorsprünge oder warf sich zu Boden, so auch ein Veteran aus dem Algerienkrieg, der vor lauter Begeisterung seinen Rheumatismus ganz vergessen hatte. Drei Milizfahrzeuge kamen mit heulenden Sirenen die Hauptstraße herunter und hielten in einiger Entfernung vom Geschehen. Die Insassen trugen Helme und waren schwer bewaffnet. Sie gehörten schon zur Nachtschicht. Männer, die die bleierne Schwermut der Nächte zu verscheuchen pflegten, indem sie entlang der Mauer ein paar Kafkas rösteten und sich damit ein kleines Taschengeld dazuverdienten.

Gabriel zählte fünfzehn Männer und erkannte an den Verbänden diejenigen, mit denen er bereits einmal das Vergnügen gehabt hatte. Die Milizionäre hielten Rat und warfen Gabriel rachsüchtige Blicke zu. Sie teilten die Waffen untereinander auf: Granatwerfer, Maschinengewehre, Haubitzen, Sturmgewehre der Firma FAMAS und einen Raketenwerfer zum einmaligen Gebrauch.

Pulp wartete nicht, bis die Verstärkung ausschwärmte. Er stopfte Explosionsgeschosse in die Galil und zielte auf die Tanks, um die Fahrzeuge in Flammen aufgehen zu lassen. Erst fing nur ein Wagen Feuer, aber das Entsetzen, das die Explosion bei der Truppe auslöste, war perfekt. Eine Feuersäule stieg auf und kohlte mehr als nur eine Uniform an. Gabriel zielte auf eins der verbliebenen Fahrzeuge, das lärmend und mit einer beachtlichen Druckwelle explodierte. Man sah einen Mann – es war ganz sicher einer – davonlaufen, dem die Detonation die Hose weggerissen hatte. Die Bünde seines Baumwollhemds rauchten. Dieser Milizionär war entweder völlig durchgedreht oder außerordentlich mutig. Er stürzte auf die Mauer zu, und Gabriel tat nichts, um ihn davon abzuhalten. Ein Gaffer fotografierte das Geschehen mit seiner Polaroidkamera. Die fertigen Bilder wurden herumgereicht und ausgiebig kommentiert. Die versprengten Truppenteile der Miliz sammelten sich im Schutz des dritten Fahrzeugs, das Gabriels Schüssen bisher standgehalten hatte. Es handelte sich um das Panzerfahrzeug, dessen Tank praktisch unzerstörbar war – selbst für die Schüsse einer Galil in den Händen eines ausgebildeten Soldaten, was Pulp jedoch nicht war. Als möglichen Ausweg entschied sich Gabriel für einen strategischen Positionswechsel. Er rannte den Wachgang hinunter und bezog vierzig Meter weiter eine neue Position. Das war sein Glück, denn schon flog seine alte Schießscharte in tausend Stücke – wie ein Legoschloß unter der Attacke einer tobenden Rotznase. Eine Raketendetonation hatte zwei Kubikmeter Steine herausgerissen, die geschickte Handwerkerhände dort zu Beginn des achtzehnten Jahrhunderts mit großer Sorgfalt und Liebe aufgeschichtet hatten.

Gabriel nahm den Schützen des Treffers aufs Korn. Der Mann war ihm nicht unbekannt. Er hatte den Hinterkopf umwickelt. Gabriel zielte aufs Knie und schickte eine explosive Ladung auf die Reise, die an dieser Stelle unvorstellbaren Schaden anrichtete. Acht verschiedene, aber allesamt schwere Waffen huben zum Gegenschlag an. Es war ein wahnsinniger Sturm aus Eisen, Feuer und staubendem Kalk, der den Wachgang verwüstete: ein Malstrom aus Gasen und Rauch. Und so kam es, daß in den Mauersteinen die Erinnerung an den Alptraum jenes griechischen Feuers wach wurde, das eine kühne byzantinische Kavallerie – es war schon die Reserve! – in maurischen Diensten entfacht hatte. Gabriel, mit Staub auf Haaren und Schultern, entschied sich für eine ehrenvolle Gefechtsunterbrechung. Er rannte die Treppe hinunter und traf auf eine

Gruppe Kafkas, die aussahen, als würden sie nur noch auf das Orchester warten, um die Marseillaise anzustimmen. Einige der Jüngeren hatten sich behelfsmäßig mit Waffen eingedeckt: mit Schleudern und Lanzen aus Besenstielen, an denen Küchenmesser festgebunden waren. Sie diskutierten, ob sie damit in die Schlacht ziehen sollten. Oben verrauchten noch ein paar Warnschüsse, dann war alles still. Ein Suchscheinwerfer glitt in der beginnenden Dämmerung über die Schießscharten. Gabriel machte sich auf den Weg zu seiner Geliebten.

Milena war noch weiter geschrumpft, obwohl man sich das kaum vorstellen konnte. Pulps kriegerischer Aufzug beunruhigte sie. Mit samtweicher Stimme verkündete er, daß die Operation ‹Gerechtigkeit› begonnen habe, daß er sie zu Ende bringen müsse und daß er irgendwann nachts zurückkommen würde oder aber ... Das glaube er jedoch nicht. Er überlegte, wo Milena am sichersten aufgehoben wäre, fand einen Contrex-Karton, polsterte ihn mit Watte aus und legte seine Schutzbefohlene hinein. Dann ging er wieder. Milena stieß einen gellenden Schrei aus, der vielleicht als Warnung gedacht war.

Gabriel folgte der Uferböschung, lief fünf Minuten den Feldweg entlang und bog dann in den Wald ab. Er wartete. Um zwei Uhr zehn, den Körper von Zweigen und Dornen gegeißelt, trat er auf den Vorplatz des Schlosses. Die Fenster im Erdgeschoß und einige im ersten Stock waren erleuchtet. Gabriel prüfte das Magazin der Glock, feuerte eine Kugel in das Schloß der Eingangstür und betrat die Empfangshalle, wo ihn niemand empfing. Er warf einen schnellen Blick in einige Räume im Erdgeschoß. In einem anderen legte der Bürgermeister gerade den Telefonhörer auf die Tischplatte und nahm eine doppelläufige Schrotflinte der Marke Kettner in die Hand. Als Gabriel am Türgriff drehte, drückte er zweimal ab. Die Tür, die aus einem soliden Material gefertigt war, fing den Großteil der Bleikugeln auf. Dennoch kamen einige durch und fielen kraftlos auf Pulps Quadratlatschen. Der größte Teil aber prallte zurück und riß die Tapete und den Gips in Fetzen. Alles andere als ein ruhmreicher Schuß! Gabriel holte zum Gegenschlag aus. Sein Projektil bohrte sich wie ein Gewindeschneider in die Leiste des Stadtvaters. Um es zu entfernen, waren sicher eine dreistündige Schnippelei und viele Bluttransfusionen nötig. Jetzt lag der Bürgermeister auf der Seite, hatte beide Hände auf die Wunde gepreßt und fluchte:

«Du Nullhirn warst es, der diese Kafka-Meute aufgehetzt hat!»

Gabriel ergriff den brummenden Hörer und hielt ihn ans Ohr.

«Was waren das für Schüsse? Henry, hörst du mich? Du mußt die Aufzeichnungen von den Versuchen verbrennen. Ohne Beweise können die uns gar nichts. Ich mach dasselbe hier, aber die Hauptsache liegt bei dir oben. Das hast du jetzt davon, daß du mir nie vertraut hast. Kannst du mich hören? Was ist los, Henry?»

«Carabin?» fragte Gabriel.

«Wie, was?»

Gabriel legte auf.

«Henry, wo ist euer Archiv?»

Der Mann mit dem Cognacgesicht sagte, er wisse gar nicht, wovon Gabriel rede, und außerdem würde er lieber abkratzen, als mit einem Verbündeten der Kafkas zu verhandeln. Woraufhin Gabriel meinte, daß bei der Geschwindigkeit, mit der das Blut aus seiner Leiste fließe, das sicher bald der Fall sein würde. Der Bürgermeister besah sich seine blutverschmierten Hände und fing dann eigenartig zu lachen an. Das hinterhältige Sirren einer Bogensehne ließ Gabriel blitzartig zur Seite springen, was ihn davor bewahrte, auf der Stelle das Zeitliche zu segnen. Der Pfeil durchbohrte seinen Unterarm und blieb in seinem Hüftspeck stecken. Der betroffene Arm war der, mit dem er die Pistole hielt. Gabriel hatte den jungen Typen direkt vor sich, konnte aber den richtigen Schußwinkel nicht finden, sosehr er auch das Handgelenk verrenkte. In seiner Verzweiflung feuerte er alles, was er an Kugeln noch hatte, in Richtung der gegnerischen Waden. Eine landete funkensprühend im Fußgelenk, und der Schütze klappte zusammen.

Flugs sammelte Gabriel alle feindlichen Waffen ein und trug sie in die Eingangshalle. Dann sperrte er die Tür hinter den beiden Verwundeten ab, die um Hilfe bettelten und Gabriel gleichzeitig zur Hölle wünschten. Er stellte es ihnen frei, nach Lust und Laune zu telefonieren. Dann ging er ins Badezimmer, fand dort einen Arzneischrank und verbrachte zwanzig Minuten damit, die Pfeilspitze, die aus vier Rasierklingen bestand, aus seinem Körper zu ziehen. Es war eine schmerzhafte Operation, während deren er wie ein Schwein schwitzte und einmal ins

Waschbecken kotzen mußte. Der Arm ließ sich noch bewegen – der Pfeil hatte die Arterie verfehlt. Gabriel desinfizierte die Wunde, wickelte eine Kompresse herum und machte sich auf die Suche nach dem Archiv. Er fand es zwischen Büchern in einem Regal aus massiver Eiche. Es waren drei fette Aktenordner mit den Registern K 1994, K 1995, K 1996. Sie standen in direkter Nachbarschaft zur Geschichte eines blonden, arischen Legionärs, des proamerikanischen Prinzen Malko. Die Ordner waren verziert mit einer Banderole, auf der SAS stand, und darunter posierten exotische Frauen nackt und willig mit großkalibrigen Waffen.

Gabriel lief zur Rückseite des Schlosses, wo er Josés Renault abgestellt hatte. Die Schlüssel steckten noch. Jemand hatte sich den Wagen Zentimeter für Zentimeter angesehen. Die Sitze waren nicht mehr in ihrer alten Position, und der Kofferraum, wo das Fahrwerk der Polikarpov lag, war durchwühlt. Scheiß drauf! Gabriel warf Ordner und Waffen auf den Beifahrersitz. Die Kiste sprang sofort an. Gabriel steuerte auf der kleinen Straße talwärts, Richtung Sainte-Croix-des-Eaux. Glühwürmchen flimmerten im Scheinwerferlicht.

19 Betrachtung

PULP und das Blut der anderen

Während des Schußwechsels zwischen Pulp und der Miliz war die Menschenmenge in die unteren Viertel von Sainte-Croix-des-Eaux zurückgewichen. Die Kafkas hatten sich in der ganzen Stadt verteilt. Einige warfen Schaufensterscheiben ein, andere belagerten den Posten der Miliz, wohin sich die Mehrzahl des Nachschubs zurückgezogen hatte. Hin und wieder hörte man, wie eine schwere Waffe abgefeuert wurde. An vielen Häusern lagen Leute in den geöffneten Fenstern und verrenkten sich vor Neugier fast den Kopf. Überall wurde gerannt und geschrien. Mit fünfzehn Stundenkilometern kurvte Gabriel an den vielen Trümmerhaufen vorbei. Auf der Höhe des verkohlten Milizfahrzeugs mußte er über den Gehweg und mitten durch eine Versammlung der Kafkas fahren, was ihn aber nicht im geringsten beunruhigte. Die Fassaden einiger Häuser waren verrußt. Gabriel passierte die Maueröffnung und rumpelte durch die Strafkolonie, bis er das Haus von Milena erreichte. Die Contrex-Kiste stand noch da, wo er sie abgestellt hatte. Aus ihrem Inneren drang ein schwaches Kratzen. Gabriel beugte sich über die Kiste, zuckte kurz zurück, besann sich dann aber. Er legte sein Ohr an den Karton, um besser zu verstehen, was Milena sagte. Er preßte die Lippen aufeinander, als unterdrücke er ein zu starkes Gefühl. Hinter dem Fenster war schwarze Nacht. Manchmal maserten Blitze den Himmel. Gabriel stand wieder auf und seufzte tief.

«Die Idee gefällt mir gar nicht», sagte er. Und nach einem Moment des Schweigens fügte er hinzu: «Aber wenn du darauf bestehst und José damit einverstanden ist ...»

Eine Stunde später machten sie sich auf den Weg. Felice lag zusammengerollt neben der Contrex-Kiste auf dem Rücksitz. Im Ort war es etwas ruhiger geworden, und der Tumult schien sich im wesentlichen auf das Hauptquartier der Miliz zu beschränken. Ungehindert erreichte Gabriel das Krankenhaus. Die Pforte war nicht besetzt. Er parkte neben den Krankenwagen, steckte die Pistole in die Tasche und verriegelte die Türen. Er nahm die Aktenordner aus dem Kofferraum und betrat das Gebäude. Er steuerte direkt auf das Zimmer von Vergeat zu und warf dem schlafenden Mann die drei Aktendeckel auf den Bauch. Vergeat schoß hoch, als hätte Gabriel eine Sprungfeder ausgelöst.

«Da hast du was, um deinem Leben Sinn zu geben. Das ist der Zenit deiner Karriere und dein Beitrag zu einer besseren Welt!»

Der Polizist beäugte mißtrauisch die Ordner.

«Was ist da drin?»

«Salut, Vergeat!»

«Ich schnapp dich, Lecouvreur. Irgendwann schnapp ich dich.»

«Aber sicher ...»

Gabriel verließ das Krankenhaus. Die Nacht war schon nicht mehr schwarz. Als er die Abzweigung der Straße nach Angoulême erreichte, tauchte von links der Panzerwagen auf und schnitt ihm den Weg ab. Gabriel latschte auf die Bremse. Die Contrex-Kiste schlug gegen seinen Sitz und verkantete sich irgendwo hinten im Auto. Milena quietschte. Die Milizionäre sprangen aus dem Fahrzeug. Gabriel tastete nach den Granaten. Als er eine der glatten, kalten Kugeln in seinen Händen spürte, löste er die Sicherungskappe und zog am Abzugshahn. Dann drehte er die Scheibe runter und begann zu zählen. Die Milizionäre kamen näher. Wenn sie jetzt anfangen zu schießen, bin ich am Arsch, dachte er. Trotz der Dunkelheit konnte er Carabin erkennen, der der Einsatztruppe hinterherhinkte.

«Schnappt ihn euch lebend!» kläffte er. «Ich brauch die Unterlagen. Der Bürgermeister wird euch alle dafür belohnen!»

Gabriel schmiß die Granate. Es wurde ein kurzer Wurf. Aber mehr war bei dem geringen Bewegungsspielraum nicht drin. Die Metallkugel schlug auf den Asphalt und rollte langsam auf die Füße der Milizionäre zu. Gabriel kurbelte das Fenster hoch, warf Felice auf die Contrex-Kiste, schloß die Augen und stopfte sich die Finger in die Oh...

Ein gewaltiger weißer Lichtblitz verschlang die Nacht, während gleichzeitig ein entsetzlicher Knall die Trommelfelle bersten ließ. Carabin und die uniformierten Männer leuchteten wie surrealistische Figuren vor einem pechschwarzen Hintergrund. Gabriel hatte die Augen wieder geöffnet und sah die Männer schlapp am Boden liegen. Wie müde Hampelmänner, die laut stöhnten und darauf warteten, ausgezählt zu werden. Blut floß ihnen aus Ohren und Nasen. Und sogar aus den Augen.

Gabriel ließ die Kupplung kommen, ruckelte über Maulwurfshügel auf dem Seitenstreifen und fuhr am Panzerwagen vorbei.

Als der Tag dämmerte, sah man Pulp an einer staubigen Telefonzelle an der Route Nationale halten und lange mit jemandem verhandeln. Am Mittag lag er schlafend in seinem Hotelzimmer im *Bey de Tunis* in Angoulême.

Um zwölf Uhr einundzwanzig öffnete die Hotelbesitzerin die Tür zu Gabriels abgedunkeltem Zimmer. Lautlos stellte die Frau einen Korb mit nordafrikanischen Süßigkeiten auf den Nachttisch. Der Mann im Bett lag auf dem Bauch und schnarchte leise. Einer seiner unendlich langen Arme hing auf den Boden. Die Contrex-Kiste schien sich zu bewegen und erregte die Neugier der schönen Wirtin. Sie riß sie auf und sah, wie sich ein kleiner brauner Kopf mit spitzer Schnauze herausschob. Das winzige Tier hatte mandelförmige, helle und äußerst intelligente Augen. Sie erinnerte sich daran, als Kind schon einmal solche Tiere in den Grotten des Atlasgebirges gesehen zu haben. Die Frauen aus den Siedlungen hatten sich vor ihnen gefürchtet. Wenn der heulende Wind aus der Wüste den Sand gegen die Felsen trieb, kamen diese Tiere, die das verrückt zu machen schien, aus ihren Höhlen, kreischten wie wahnsinnig und ließen ihre spitzen Eckzähne sehen. Die Hotelbesitzerin verließ das Zimmer auf Zehenspitzen, die Augen des Tieres folgten ihr.

Am späten Nachmittag wurde Gabriel wach. Erschöpft stand er auf und machte sich fertig. Er vermied es, die Pappkiste anzusehen. Immer wieder blickte er auf seine Uhr. (Es war die Armbanduhr von Carabin, wie wir uns erinnern, die noch immer tadellos funktionierte.) Er zog ein Hemd an und polsterte die Tasche mit Watte aus. Als er damit fertig war, griff er in den Karton und spürte, wie die kleinen Pfoten auf seine Hand kletterten. Zitternd hob er Milena hoch, um sie zu betrachten. Die Nase des

Tiers war gerötet – wie mit Blut verschmiert. Gabriel öffnete den Mund, er wollte etwas sagen. Aber statt dessen zupfte er ein Stück von der Watte in seiner Hemdtasche ab und versuchte ungeschickt, das wunde Mäulchen zu säubern. Das Tier wich quietschend zurück und stellte sich auf die Hinterbeine. Und dann schrieb es in blutigen Lettern auf seine große Pranke: Du mußt ...

Der Taxifahrer sah einen nach vorne gebeugten Typen aus dem Hotel kommen, der aussah, als wenn ihm schlecht wäre.

«Ich hab Sie erst neulich nachts aufgelesen», erinnerte sich der Mann.

«Immer schön höflich bleiben», warnte ihn Gabriel.

Der Fahrer legte die Stirn in Falten. Der Kopf seines gelbfarbenen Hundes ruhte auf seinem rechten Knie. Als Gabriel sich in den Sitz des Taxis plumpsen ließ, zog der Hund eine Braue hoch und beglotzte mit einem seiner großen, dummen Augen die zitternde Beule auf der Brust des Fahrgasts.

«Wohin soll's denn gehn?» fragte der Chauffeur und streichelte verwundert über das gesträubte Fell des Hundes.

Die Neonreklame der Cabaret-Kirche Fangs besudelte die Nacht mit ihrem Rot. Als der Menschenkenner Gabriel aus dem Taxi steigen sah, kam er gleich angerannt.

«Joséphine hat eine Loge für Sie reserviert», sagte der Mann. «Folgen Sie mir!»

Nachdem sich Milena und Gabriel durch die dichte, lärmende und feuchte Menschenmenge gezwängt hatten, fanden sie sich tatsächlich in einer Loge wieder, im linken Querschiff, von den Menschenmassen durch ein Eisengitter getrennt, das der Menschenkenner hinter ihnen wieder geschlossen hatte. Zwei große Kerzen brannten langsam nieder und ließen Schatten über das gotische Gewölbe tanzen. In einer Vase stand betörend duftender Flieder. Es wurde allmählich immer leiser in der Kirche, und bald hörte man nichts mehr außer dem Atmen der Besucher. Es war ein zufriedenes Schnaufen. Milena schmiegte sich an Gabriels Brust und wurde bei jedem Herzschlag leicht angehoben. Das Licht ging aus. Joséphine betrat die Bühne, riesengroß, exquisit und in einen weißen Lichtkegel getaucht, der jedem ihrer Schritte folgte. Milena sah über sich das rauhe Kinn ihres Geliebten, seinen sehnigen Hals. Sie hörte das schreckliche Gluckern, das diese Riesenmaschine aus Fleisch und Blut verursachte, wenn sie schluckte oder mit ihr redete – so wie jetzt:

«Wir können immer noch verschwinden.»

Milena spannte ihre dünnhäutigen Flügel auf, so gut das in ihrem Wattenest möglich war, und seufzte.

«Gut, reden wir nicht mehr davon!» folgerte Gabriel.

Vorne sang Joséphine mit ihrer unnachahmlichen Stimme zu einem Chor, der vom Tonband kam. Es war ein Stück ohne Orchester aus dem vierten Buch des *Concerto Italien* von Monteverdi mit folgendem Text:

Si ch'io vorrei morire
Ora ch'io bacio, Amore,
La bella bocca del mio amato core.
Ahi, cara e dolce lingua,
Datemi tant'umore

... was man vielleicht so übersetzen kann:

Wie wünsche ich zu sterben
In dem Moment, da ich die
Sanften Lippen meiner Liebsten küsse.
O geliebte, süße Zunge,
Laß deinen Speichel fließen.

... Kurzum, Joséphine sang ein Madrigal auf die entfesselte Sinnlichkeit, die die Zuhörer begeisterte und Milena vor Tränen überfließen ließ. Vorsichtig streichelte Gabriel mit dem Nagel über das feuchte Haarkleid seiner Geliebten. Nach nicht mal einer Minute war sie tot.

PULP und das Blut der anderen

20 Ein Traum

«Gabriel, du träumst!» rief Gérard.

Maria stimmte ihm eifrig zu und wandte sich dann, indem sie sich die Hände an ihrer Schürze abwischte, an Pulps Freundin.

«Ich will ja nicht den Finger auf die Wunde legen, aber weißt du, Cheryl, du bist schuld daran. Ein Mann muß sich ordendlich ernähren. Sonst wird er krank und fängt an zu phantasieren. Sieh dir an, was du aus ihm gemacht hast!»

Gabriel stemmte die Ellbogen auf den Tisch, gähnte und rieb sich die Augen.

«Wenn du willst, kannst du mit nach Hause kommen und ein heißes Bad nehmen», bot Cheryl beinahe schüchtern an und strich ihm zärtlich über die Schulter.

Maria und Gérard betrachteten sie amüsiert, während sich Gabriel an folgendes erinnerte: Das Wasser in der Schüssel war warm, und es plätscherte um ihre Zehen. Gabriel und die nordafrikanische Hotelbesitzerin hatten die Fledermaus im kleinen Garten hinter dem *Bey de Tunis* begraben. Gabriel hatte sich für eine Stelle im Schatten entschieden. «Das ist gut für meine Hortensien», hatte die Hotelbesitzerin gemeint, als sie an einer türkischen Pfeife gelutscht und mit ihrem großen Zeh Gabriels Zehen geneckt hatte. Später hatte Gabriel mit der Frau aus Sand und Wind geschlafen, bis es Nacht wurde. Zum Abschied hatte er ihr eine besonders geschmeidige, sanfte Lederhaut geschenkt. Die Schöne hatte ihm versprochen, sie als Andenken an ihn aufzubewahren.

Gabriel versicherte, daß er sich auf ein heißes Bad freue, daß er aber zuerst die Fahrwerksachsen der Polikarpov ausladen und ein bißchen frische Luft schnappen wolle. Cheryls Miene hellte sich auf. Vlad kam aus der Küche. Ob es denn gut gelaufen sei? Gabriel sagte ja. Vlad ging mit ihm raus und half ihm das Auto auszuräumen. Was er denn mit dem vergammelten Sprudelkarton machen wolle? Und mit dem Zettel, der darin lag? Sah aus wie ein mit roter Tinte geschriebenes Gedicht.

Gabriel war verwirrt, dann steckte er den

Zettel ein und spazierte mit Cheryl in das Viertel, in dem er aufgewachsen war. Sie kamen an der Grundschule in der Rue Saint-Bernard vorbei und blieben schließlich auf einer Bank sitzen. Er sah eine Weile den Boulespielern neben der Kirche Saint-Marguerite zu. Boulekugeln, gebändert wie Blendgranaten. Sie wirbelten Staub von einer Erde auf, in der man vor langer Zeit die Leichen der Revolutionäre verscharrt hatte. Cheryl blickte Gabriel an und verstand überhaupt nichts von dieser Melancholie. Die Nacht legte sich über die Stadt. Die Laternen gingen an. Gabriel zog seufzend das Stück Papier aus der Tasche und las.

Ganz ausgekühlt und müde,
Am Ende meines Wegs,
Bald ohne spitze Zähne,
Ruhlos nicht mehr, von der Zunge liebkost.
Im Leben hab ich einen heiß betört,
Ein andrer nimmt mich nun in seinen kalten Arm,
Lautlos und ohne Tränen.

«Was ist das?» fragte Cheryl besorgt. «Kannst du mir bitte eine Antwort geben?»

«Ein Akrostichon.»

«Wie bitte?»

«Ein Gedicht, bei dem der erste Buchstabe von jedem Vers, von oben nach unten gelesen, ein Wort ergibt.»

Insekten brummten unter den Kastanienbäumen. Cheryl träumte vor sich hin. Eine Fledermaus löste sich von einem Pfeiler der Kirche

Sainte-Marguerite und schrieb große Achten in die laue Luft.

G
A
B
R
I
E
L

WUNDERLICH
TASCHENBUCH

Das nächste, bitte!

lai 26051-4 | Juni 26052-2 | Juli 26053-0

Jeden Monat neu als Wunderlich Taschenbuch.

Pulp. Die Kult-Krimis aus Frankreich.

Wir wünschen gute Unterhaltung!

5019/2

WUNDERLICH
TASCHENBUCH

Jeden Monat neu als Wunderlich Taschenbuch.

Garantiert spannend. Preisgekrönte Kriminalromane von Meistern des Fachs.

Wir wünschen gute Unterhaltung!

5024/1